EN LETTRES D'ANCRE

DU MÊME AUTEUR

WATER MUSIC, 1988, *roman,* traduit par Robert Pépin, Phébus.
LA BELLE AFFAIRE, 1991, *roman,* traduit par Gérard Piloquet, Phébus.
AU BOUT DU MONDE, 1991, *roman,* traduit par Jef Tombeur, Grasset.
SI LE FLEUVE ÉTAIT WHISKY, 1992, *nouvelles,* traduit par Robert Pépin, Grasset.
L'ORIENT, C'EST L'ORIENT, 1993, *roman,* traduit par Robert Pépin, Grasset.
AUX BONS SOINS DU DOCTEUR KELLOGG, 1994, *roman,* traduit par Robert Pépin, Grasset.
HISTOIRES SANS HÉROS, 1996, *nouvelles,* traduit par Robert Pépin, Grasset.
AMÉRICA, 1997, *roman,* traduit par Robert Pépin, Grasset.
RIVEN ROCK, 1998, *roman,* traduit par Robert Pépin, Grasset.
25 HISTOIRES D'AMOUR, 2000, *nouvelles,* traduit par Robert Pépin et Jef Tombeur, Grasset.
25 HISTOIRES DE MORT, 2002, *nouvelles,* traduit par Robert Pépin et Bernard Leprêtre, Grasset.
UN AMI DE LA TERRE, 2002, *roman,* traduit par Robert Pépin, Grasset.
D'AMOUR ET D'EAU FRAÎCHE, 2003, *roman,* traduit par Bernard Turle, Grasset.
LE CERCLE DES INITIÉS, 2005, *roman,* traduit par Bernard Turle, Grasset.
25 HISTOIRES BIZARRES, 2006, *nouvelles,* traduit par Robert Pépin, Jef Tombeur, André Zavriew, Grasset.
TALK TALK, 2007, *roman,* traduit par Bernard Turle, Grasset.
HISTOIRES CRUELLES, 2008, *nouvelles,* traduit par André Zavriew, Grasset.
LES FEMMES, 2010, *roman,* traduit par Bernard Turle, Grasset.
L'ENFANT SAUVAGE, 2011, *nouvelle,* traduit par Pierre Demarty, Grasset.
HISTOIRES SANS ISSUE, 2012, *nouvelles,* traduit par Bernard Turle, Grasset.
APRÈS LE CARNAGE, 2013, *roman,* traduit par Bernard Turle, Grasset.
SAN MIGUEL, 2014, *roman,* traduit par Bernard Turle, Grasset.
UNE MORT À KITCHAWANK *et autres bonnes nouvelles,* 2015, traduit par Simone Arous, Grasset.
LES VRAIS DURS, 2016, *roman,* traduit par Bernard Turle, Grasset.
LES TERRANAUTES, 2018, *roman,* traduit par Bernard Turle, Grasset.
VOIR LA LUMIÈRE, 2020, *roman,* traduit par Bernard Turle, Grasset.

T. CORAGHESSAN BOYLE

HISTOIRES DE COUPLES

nouvelles

Traduites de l'anglais (États-Unis)
par Bernard Turle

BERNARD GRASSET
PARIS

L'édition originale de cet ouvrage a été publiée
par Ecco Press en 2017 sous le titre :

THE RELIVE BOX AND OTHER STORIES.

Illustration de la jaquette : © Getty Images.

ISBN 978-2-246-81547-1

L'éditeur tient à exprimer ses remerciements et sa gratitude aux magazines dont les noms suivent. Les nouvelles indiquées ci-dessous y ont d'abord paru en version originale : *Kenyon Review* (pour « Surtsey ») ; *McSweeney's* (« La Fourmi argentine ») ; *Narrative* (« L'eau ne manque pas – Tant que le puits n'est pas sec ») ; *The New Yorker* (« La Box à revivre », « Ne sommes-nous pas humains ? ») ; *Playboy* (« Vol et autres litiges »).

« Ne sommes-nous pas humains ? » a également paru dans *The Best American Short Stories 2017* (éd. Meg Wolitzer, Boston, Houghton Mifflin Harcourt, 2017), ainsi que « La Box à revivre » dans *The Best American Science Fiction and Fantasy 2015* (éd. Joe Hill, Boston, Houghton Mifflin Harcourt, 2015).

À Milo, Alexis & Olivia

« Je n'aime pas moins l'homme, mais la Nature davantage. »

George Gordon BYRON,
Le Pèlerinage de Childe Harold

« L'humain transmet la misère à l'humain.
Tel un abîme marin, elle s'approfondit.
Dès que tu le pourras, fuis
Et toi, ne fais pas de gamins. »

Philip LARKIN,
« This Be the Verse » (Ainsi soit le dit)

La Box à revivre

Katie voulait revivre Katie à neuf ans, avant le départ de sa mère, et je le concevais bien mais, à ce moment-là, nous n'avions qu'une seule console et je n'avais vraiment pas envie de m'imposer ça. Vingt et une heures trente, un soir de semaine, les vacances approchaient, le temps était maussade au possible, et Katie devait se lever à six heures pour prendre le bus avant le lever du jour. Elle avait déjà séché trop de cours, tout prétexte était bon pour rester à la maison et elle revivait tout le temps que j'étais au travail : bref, il n'y avait plus de limites. Qui était le mauvais parent dans l'histoire ? Moi. Un père célibataire incapable de discipliner sa fille de quinze ans, sans parler de lui inculquer une quelconque éthique du travail : voilà ce que j'étais. Je n'en étais pas fier. Je voulais la réfréner mais, en même temps, faire des concessions, lui autoriser une certaine licence, lui donner des gages de ma bonne volonté. Hélas, plus encore, je voulais la Box, si fort que ça se voyait sur mon visage, je n'en doute pas un instant. Il fallait que Katie soit en forme le lendemain : elle devait dormir, elle devait arrêter de revivre, elle devait se préoccuper du présent – du présent et de l'avenir. « Pourquoi n'attends-tu pas le week-end ? » proposai-je.

Elle portait de ces collants qu'ont toutes les filles aujourd'hui et qu'on dirait peints sur la peau. Encadrée par le chambranle de la porte du salon, elle était perchée sur le bout des orteils comme quand elle faisait ses exercices de danse. Elle ressemblait à sa mère, mon ex-femme, Christine, qui depuis six ans n'était plus là pour elle et n'était pas près de revenir. « Je veux revivre maintenant. » Ma fille avait réduit sa voix à une plainte flageolante, calculée pour me faire fondre et céder face à ses moindres caprices mais, ce coup-ci, ça ne marcherait pas, impossible. Elle devait se coucher car j'étais sur le point de retourner à une soirée pluvieuse de février 1982, au Roxy, un concert à guichet fermé d'un groupe que j'adorais à l'époque, avec la fille dont j'étais fou amoureux avant qu'elle ne me brise le cœur et que Christine n'arrive et ne me le brise de plus belle.

« Pourquoi ne montes-tu pas envoyer des textos à tes amies ou autre...

— Je ne veux pas envoyer des textos à mes amies. Je veux être avec ma mère. »

Nouvelle lamentation, remuant plus profond le couteau dans la plaie. Elle était brimée, c'était son leitmotiv, et mon attitude, comme s'en serait aperçu en un clin d'œil n'importe quel observateur impartial, confinait à la maltraitance sur enfant.

« Je sais, mon cœur, je sais. Mais ce n'est pas sain. Tu passes trop de temps sur cette machine.

— Tu es égoïste, voilà tout. » Elle changeait de tactique pour prendre un ton agressif d'opposition systématique, le nouveau sous-texte étant que je ne pensais jamais qu'à moi. « Qu'est-ce que tu veux ? Revivre ta jeunesse, quand tu avais mon âge ou quoi ? Laisse-moi deviner : tu veux te revivre en train de faire tes devoirs, c'est ça ? Comme exemple pour ta fille ? »

La pièce était dans un sale état. La femme de ménage viendrait le lendemain, j'étais ainsi entouré par tous les débris de la semaine, un bon pourcentage, en tout cas : un éparpillement de chaussettes de sport, de cannettes de boissons énergisantes et d'emballages en papier alu ayant contenu des biscuits, du popcorn ou des Salami Bites : le tout généré par l'ado qui se tenait là sous mes yeux. « Ton petit air sarcastique ne me plaît guère », rétorquai-je.

Son visage était comme pincé autour d'une grimace de dégoût. « Parce qu'il y a des choses qui te plaisent ?

— Une maison bien tenue. Un minimum de paix et de tranquillité. Un peu d'intimité, merde… Est-ce trop demander ?

— Je veux être avec M'man.

— Va envoyer des textos à tes amies.

— Je n'ai pas d'amies.

— Trouve-t'en. »

La réponse qui suit fut lancée, retournée vers moi, au son de sa retraite furibonde et martelante dans l'escalier, suivi par le claquement de la porte de sa chambre : « T'es qu'un porc ! »

Ce qui suscita de ma part la réaction devenue standard depuis que, ayant acheté la Box à revivre Halcom X1520 deuxième génération à 5 000 dollars, avec le flux de projection rétinienne intégré, j'avais modifié à jamais la dynamique entre mon enfant unique et moi-même : « Je sais. »

La plupart des gens, quand ils achetaient leur première Box à revivre, retournaient tout droit aux séances de sexe : quoi de plus naturel ? De fait, c'était l'argument de vente des pubs à la télé, qui présentaient des adolescents aux contours flous se promenant main dans la main sur une bande de plage générique ou penchés l'un vers l'autre au bowling, prémisses d'un tendre baiser au-dessus de la rigole où on récupérait les boules. Qui n'aurait pas eu envie d'y retourner ? Qui ne voudrait pas revivre le temps de l'innocence, les premiers remous de l'amour et du désir, la première fois qu'on a retiré ses vêtements et elle les siens ? Et les petites amies (ou petits amis, c'est selon), femmes, ex-femmes, coups d'un soir, les rencontres fortuites qui vous amenaient au seuil du sexe mais restaient ensuite hors de portée, refluant sur les ailes d'un espoir inassouvi. J'étais comme les autres. Le sexe m'obséda pendant les deux premiers mois et si, tous les matins, j'allais au travail à tâtons, complètement vidé (et pas seulement au sens figuré), je savais que c'était un problème car cela affectait mes prestations au travail, voire, si je ne me reprenais pas, menaçait carrément mon job. N'empêche, revivre Christine lors de notre première rencontre, la revivre dans les draps, à la lueur de la bougie, accrochée à moi, murmurant mon nom encore et encore dans le feu de la passion… La tentation était trop grande. Ou même assise face à moi dans le restaurant marocain où je l'ai emmenée pour notre premier rendez-vous, ses yeux comme des portiques, et même des consoles, quand, penchée sur la table, elle buvait les paroles, les mots d'esprit qui fusaient de mes lèvres. Ou pour remonter plus loin encore, avant même que mon épouse n'apparaisse dans ma vie, jusqu'à Rennie Porter, ma cavalière au bal de fin d'année des terminales, contre laquelle j'avais passé deux heures délicieuses à me frotter sur la banquette arrière de la Buick Regal de mon père – la moindre seconde de cet épisode désormais revécue à six ou sept reprises. Et j'étais remonté plus loin encore, jusqu'à Lisa, Lisa Denardo, la fille que j'avais rencontrée lors de la soirée au Roxy, espérant parvenir à mes fins.

J'arrivais de plus en plus tard au travail. Je regardais les autres, mes collègues, mon patron, avec des yeux de zombie. J'écopai de mon premier avertissement. Puis d'un second. Après quoi, mon patron – Kevin Moos, un type plutôt sympa, cinq ans de moins que moi, qui n'avait pas de X1520, ou ne vendait pas la mèche, en tout cas – me convoqua dans son bureau pour m'avertir, sans détour, qu'il n'y en aurait pas de troisième.

Mais c'était une soirée infâme et j'étais déprimé. Je m'ennuyais. Tellement qu'on aurait pu me percer le crâne pour y prélever des carottes que je ne m'en serais même pas aperçu. J'avais déjà dit non à ma fille, qui du coup faisait les cent pas à l'étage, tapant du talon avec le poids cumulé de dix adolescentes, et le lendemain était un vendredi, Dieu merci le week-end !, le jour ouvrable le plus court, tout le monde ne pensant qu'à une chose : se défiler au plus vite. Je me dis que même si je revivais pendant plus des deux heures auxquelles j'allais me limiter strictement, même si je me réveillais épuisé, j'arriverais toujours à faire bonne figure jusqu'à la pause déjeuner, après quoi je pourrais me la couler douce. Je me rendis donc à la cuisine et me préparai un gin tonic car c'est ce que j'avais bu le fameux soir au Roxy ; puis, j'emportai mon verre dans la pièce au bout du couloir, ex-chambre à coucher et désormais (la formule était de Katie, pas de moi) « pièce à revivre ».

La console trônait sur la table basse qui était le seul meuble de la pièce, à l'exception d'une chaise à dossier droit que j'avais calée devant, le jour où je l'avais apportée à la maison. Elle n'était guère plus grande que les consoles de jeu dont je m'étais satisfait jadis : un cube en métal noir high-tech, avec écran encastré. Elle réagit dès que je m'installai. « Bonjour, Wes », dit la voix que j'avais choisie, une voix d'homme avec une trace d'accent dont la légère aspérité lui ôtait un peu de son caractère synthétique. « Content de te revoir. »

Pour me calmer, je portai le verre à mes lèvres (imaginez un chef d'orchestre levant sa baguette) et m'éclaircis la gorge. « 28 février 1982. 21 h 45. Démarrer. »

Sur l'écran s'inscrivirent la date et l'heure, puis, brusquement, je me retrouvai en février 82 : la boîte de nuit revint à la vie dans une explosion, comme une comète qui se serait écrasée, décharge, retentissement, vacillation oblitérant le présent : maison évaporée, fille disparue, monde matériel, univers du faire, du boulot, des patrons, tout cela annihilé en un clin d'œil. J'étais au comptoir avec mon meilleur ami, Zach Ronalds, qui remontait son col de chemise et, comme moi, arborait une banane à la Joe Strummer, sauf qu'il était brun alors que j'étais blond comme un enfant de chœur (je m'étais teint les cheveux la semaine d'avant) ; j'essayais d'attirer l'attention du barman pour lui commander un gin tonic avec ma fausse carte d'identité. Le groupe, plus new wave que punk, n'avait pas encore commencé et tout ce qu'il y avait à regarder sur scène, c'était le groupe qui avait joué en première partie en train de ranger son matériel tandis que des filles hypervigilantes, maquillage de vampire, bas filets de pêche déchirés, se balançaient de-ci de-là au rythme du flux et reflux de la marée humaine qui évoluait sur les ondes de la musique déversées par les baffles. Le bonheur, quoi ! Le bonheur car je savais que cette soirée-là, seule parmi la série de soirées insipides et futiles qui y avaient mené, serait spéciale, puisque c'était la soirée où j'avais rencontré Lisa et l'avais ramenée à la maison : chez mes parents à Pasadena ou, plus exactement, dans mon antre au-dessus du garage. Je pouvais y aller et venir à ma guise. Ma chambre. Là où je me passais du gel dans les cheveux et me contemplais dans la glace en attendant que quelque chose arrive, quelque chose comme ce qui allait se produire dans sept minutes et demi de temps réel.

Zach posait une question du type « T'as vu la pouffiasse ? ». Mais il regardait dans l'autre direction et la musique était poussée au niveau acoustique du lancement d'une fusée (grâce en soit rendue aux faisceaux hertziens du système speaker/audio paramétrique du X1520, technique infiniment plus sophistiquée que celle de la première génération). Devant l'écran, je n'aurais donc pu certifier que c'était bien ce qu'il avait dit, alors que je devais l'avoir parfaitement entendu ce soir-là, mes oreilles étant à l'époque plus jeunes, moins endommagées par des soirées comme celle-ci, puisque je lui pris le bras pour lui demander « Qui ? Elle ? ».

Je dis : « Reset, marche arrière de dix secondes. » Tout s'interrompit, s'évanouit puis redémarra, et je me revécus essayant d'attirer à nouveau l'attention du barman et tendant l'oreille alors que, avachi, épaules étalées sur le comptoir, Zach répondait clairement : « Regarde-moi cette pouffe. » Oui, sans l'ombre d'un doute. Et, ce faisant, il entachait l'épisode en jugeant Lisa à la légère, au simple vu de ses épaules carrées, de son maquillage d'acteur de Kabuki et de son rouge à lèvres noir brillant. Je demandais : « Qui ? Elle ? » Elle me plut instantanément. Elle ne me faisait pas l'effet d'une pouffe, non, pas du tout – ou, si c'en était une, alors une pouffe extraterrestre. À partir de ce moment-là, je n'eus d'autre visée que de l'amener à m'adresser la parole.

Le côté frustrant de la technologie actuelle du revivre, c'est qu'on ne peut pas jouer dans une scène, on ne peut être qu'observateur, comme, dans *Un chant de Noël*, Dickens fait revivre à Scrooge ses tribulations au pensionnat face à l'apparition de l'esprit des Noëls passés. Toutes les bourdes commises par votre moi adolescent se baladent à l'air libre, non censurées. On peut appuyer sur le bouton marche rapide, et j'imagine que les gens le font, pour éviter les papotages ; on peut aller directement au sexe mais, pour ma part, après avoir foncé sur les épisodes charnels les cinq ou six premières fois où je revécus une scène, j'ai préféré retourner entendre ce que j'avais à dire, et ce qu'elle avait à dire, banalités ou pas. Ce soir-là – je le savais à l'avance car j'avais déjà revécu ce moment deux fois dans la semaine –, je saisis le barman par le col et commandai non pas deux mais trois gin tonic, alors que je n'avais que, disons, dix-huit dollars en poche : un verre resta sur le comptoir pour Zach puis je traversai la piste jusqu'à l'endroit où la fille se tenait, juste devant la scène, dans ce qui serait, une demi-heure plus tard, la piste de pogo. Elle me voyait venir, voyait les verres – deux – et détournait le regard, pour se couvrir, parce qu'elle était persuadée que je destinais le second à quelqu'un d'autre, à ma petite amie ou à un pote embusqué dans l'ombre que les projecteurs plaquaient sur les murs défraîchis.

Je tapotais son épaule. Elle se tournait vers moi.

Je dis : « Pause ».

Tout s'arrêta. Je me retrouvai avec elle dans un tableau 3-D et pendant une éternité j'immobilisai tout, pour étudier son visage à cet instant précis. À dix-huit ans, elle était stylée, assez belle sous son maquillage, le gel, l'eye-liner et tout le reste, pour aujourd'hui encore me faire défaillir, et son regard n'était pas méfiant, pas blasé, non : plutôt franc, ouvert, plein d'attentes. Devant l'écran, je montai mon verre jusqu'à mes narines, inhalai l'odeur des baies de genièvre afin d'aiguiser le souvenir, et dis « Démarrer ».

À l'écran, je disais : « Tu as l'air d'avoir soif. »

La musique tonnait. Dans mon dos, au comptoir, Zach m'adressait un regard incrédule, genre *Merde, tu fais quoi ?*

Parce que je violais notre protocole de sortie en boîte. Nous ne parlions pas aux filles et surtout pas aux pouffes, nous ne venions que pour la musique, du moins est-ce ce que nous faisions mine de croire. (La deuxième fois, je marquai une pause sur ce passage, simplement pour voir l'expression de Zach – Zach, pauvre Zach, qui, à ma connaissance, n'avait jamais été foutu de se dégoter une copine et qui, si longtemps après, où qu'il se trouvât, revivait sans doute tous les clubs qu'il avait jamais fréquentés et tous ses rendez-vous manqués, pour le seul plaisir de s'apitoyer sur son sort.)

Elle leva les yeux sur moi et marqua un temps d'arrêt avant d'accepter le verre glacé. « Comment tu as deviné ? » demanda-t-elle.

S'ensuivit l'habituel échange d'informations sur les groupes, les livres, le voisinage, le lycée, la fac et voilà que je me vantais d'avoir été récemment à des concerts de tel ou tel groupe et qu'elle répliquait en énonçant le nom de membres de groupes qu'elle connaissait personnellement, comme John Doe ou le batteur des Germs, et son regard me révélait à quel point ces relations étaient personnelles, ce qui m'excitait encore plus, au point que je ne désirais rien de plus au monde que de la coincer dans un coin et de lui lécher son rouge à lèvres noir. C'est alors qu'ignorant que ma banane savamment sculptée était en train de s'effondrer sur mon front pour finir en coupe au bol (ou pire – l'anathème – en mèche à la Beatles), je lui demandais : « Tu veux danser ? »

Elle me lançait un regard sombre. Jetait un coup d'œil à la scène et retour, avant d'en jeter un autre, panoramique, à la salle. Des danseurs se déhanchaient au rythme de la musique enregistrée, la plupart sautant et tournant suivant leur rythme de camé – et toujours aucun signe du groupe que nous étions venus écouter. « Sur cette musique-là ?

— Ouais. » J'avais l'air tellement… comment dire... en manque, alors qu'à l'époque je devais m'imaginer être le cool incarné. « Viens », répondis-je en lui tendant la main.

J'observais sa décision se durcir dans son regard, plongé en profondeur dans cet instant qui mènerait à tout le reste, à l'épisode auquel j'allais passer directement car je devais me lever le lendemain matin. Pour aller travailler. Pas d'excuses. *Regarde, regarde ce qui suit...*

Elle prenait ma main (la douce friction de son toucher vibrait encore dans ma mémoire cellulaire), et elle m'entraînait sur la piste de danse.

C'est *elle* qui menait. Je ne faisais que suivre.

Serez-vous surpris d'apprendre que j'ai dépassé ma limite auto-imposée de deux heures ? Qu'après le sexe j'ai accéléré jusqu'à notre premier rendez-vous ? Nous avions décidé de nous retrouver à Tower Records (2 mars 1982, 16 h 30), après quoi nous allâmes à Barney's Beanery (cheeseburgers, bières et rasades de schnapps à la menthe !), note qu'elle régla car son père était cadre chez Warner Brothers. Ou que ça m'a fait tellement de bien que je n'ai pas pu m'empêcher de sauter trois mois jusqu'à l'époque où elle était devenue une partie de moi, autant que le T-shirt Black Flag que je ne quittais que sous la douche ? Lisa. Lisa Denardo. Avec sa langue de chaton et son corps à la fois compact et sinueux, à la fois de fille et de femme, et ses dents régulières, blanches, luisantes, parfaites (parfaites, cela dit, à l'exception de l'incisive qu'elle s'était fait enlever par un dentiste de Tijuana par pure solidarité punk). La scène que je recherchais se déroulait l'été suivant, pendant les vacances d'été de ma deuxième année de fac : j'avais quitté le garage de mes parents, et Lisa et moi avions emménagé dans un appartement en ville, sur Vermont Avenue ; nous avions décidé de peindre les murs, le plafond et les sols de la couleur de minuit dans les grottes de Carlsbad au Nouveau-Mexique. 6 juin 1982, 14 h 44. Le chatoiement de la peinture noire, un soleil trop lumineux pris dans les fenêtres et Lisa disant : « Tu crois qu'on devrait peindre les vitres aussi ? » Rien d'autre ne comptait qu'elle et moi, son look et le mien, un trait au pinceau sur son avant-bras gauche et un autre, une virgule de peinture juste au-dessus du sourcil, lorsque, brusquement, l'écran noircit et je me retrouvai dans la pièce à revivre face au visage furibond de ma fille.

Mais qu'on me permette d'expliquer brièvement la technologie à ceux qui ne la connaissent pas déjà. Il ne s'agit pas d'un écran d'ordinateur, de télé, d'hologramme ou de quoi que ce soit que quelqu'un d'autre peut voir – il s'agit de projection rétinienne, deux rayons laser fixés sur deux globes oculaires. Une personne qui entre dans la pièce (fille, femme, patron) vous verra assis dans votre fauteuil, les rétines comme des fourneaux. L'intrus passe devant le projecteur – comme ma fille à cet instant-là – et l'image s'évapore.

« Arrête », dis-je, et ce n'était pas à elle que je parlais.

Mais elle était bien là, prête à aller en cours, coiffée, mâchoires serrées, regard plein de haine. « Je n'y crois pas ! s'exclama-t-elle. As-tu une idée de l'heure qu'il est ? »

Vaseux, vanné – je me sentais coupable, effroyablement coupable, Narcisse pris la main dans l'eau, ne se souciant de rien ni personne, que de son moi de revie : je la regardai bouche bée. La lumière qu'elle avait allumée en entrant dans la pièce me cloua sur le fauteuil. Je fis non de la tête.

« 6 h 45. Du *matin*, P'pa. »

Je voulus répondre mais les mots s'emmêlèrent dans ma tête car Lisa disait – venait de dire à l'instant : « Tu ne vas pas m'obliger à rester ici regarder la peinture sécher, non ? Parce que je pensais que peut-être nous pourrions aller à la plage en voiture, par exemple, pour décompresser. » Et je répondais, ou allais répondre : « Il y a genre deux, trois litres d'essence dans le réservoir. »

« Quoi ? s'exclama Katie. Tu étais encore avec M'man ? C'est ça ? Comme dans : tu peux retourner avec elle mais pas moi ?

— Non, non, ce n'est pas ça, ce n'était pas ta mère, du tout… »

Elle frissonna. « Ouais, sûr. Qui alors ? Une petite amie, une ex dont tu étais raide amoureux à la fac ? Au lycée ? Ou quoi, au collège ?

— J'ai dû m'endormir. Promis. Je me suis enfermé dans ma bulle. »

Elle savait que je mentais. Elle me cherchait, enfant prévenante, enfant sans mère, et m'avait découvert non pas m'activant dans la cuisine, lui préparant affectueusement un en-cas avant de la conduire à l'école comme j'en avais l'habitude, mais arrimé à ce fauteuil, telle une pièce de musée, aveugle à tout ce qui n'était pas le passé, mon passé, celui de personne d'autre, ni celui de ma fille ou de sa mère, ni celui des États-Unis ou de la planète, seulement le mien.

J'entendis la porte claquer. Le choc de ses pieds courroucés dans le couloir, l'écho lointain et étouffé de la porte d'entrée, puis la maison s'emplit de silence. Je regardai la fente dans la console. « Démarrer », dis-je.

J'arrivai au travail avec une heure et demie de retard mais, ce jour-là – miracle –, Kevin était encore plus en retard que moi et, quand il finit par se montrer, j'étais encastré dans mon box, tapotant consciencieusement les touches de mon clavier. Il ne dit rien, me dépassa et se terra dans son bureau, mais je vis bien qu'il avait le même regard vide, pré-présent, que moi : pas besoin d'avoir une imagination débordante pour en deviner la raison. En fait, depuis que le nouveau modèle avait déferlé sur le marché, j'avais remarqué ce même air surexcité et lointain dans le regard d'une demi-douzaine de mes collègues, y compris dans celui de Linda Blanco, la réceptionniste, qui ne boutonnait plus les trois boutons du haut de son chemisier et qui, chaque jour, arborait une jupe de plus en plus courte. Au lieu de souffler dans le combiné « Moos & Associates. Que puis-je faire pour vous ? », désormais, il n'était pas rare qu'elle réponde : « Réinitialiser. »

Courions-nous au désastre ? La société entière était-elle sur le point de s'effondrer ? L'Agence nationale de la sécurité allait-elle intervenir ? Y avait-il lieu de légiférer ? D'interdire la Box ? Je n'en savais rien, et je m'en moquais. Je devais m'occuper de ma fille. Le problème, c'est que je ne pensais qu'à rentrer directement à la maison dans le but de revivre et, si l'image d'une brique de lait ou d'une miche de pain me passait brièvement par la tête, je l'écartais aussitôt. Nous pourrions toujours nous faire livrer quelque chose. Car j'abordais avec Lisa une phase cruciale : nous nous acheminions inexorablement vers des scènes de plus en plus déprimantes, des désaccords, d'abord infimes, avant de devenir monumentaux, insurmontables, comme le jour où, rentrant de mon cours de maths, je l'avais découverte assise à la table de la cuisine avec un toxico dont je n'avais jamais saisi le nom, que je n'avais pas eu envie de connaître, et n'en avais pas davantage envie des années plus tard. Mais j'avais besoin de me soumettre à ça, de l'analyser, que ce fût douloureux ou pas, car cela avait existé et je devais le revivre. Je ne pouvais pas m'en empêcher. Il me fallait remuer le couteau dans la plaie.

En fin de compte, bien sûr, tout tournait autour de Christine, remontait à l'époque où j'avais commencé à échouer au lieu de réussir, à perdre au lieu de gagner. J'avais besoin que Lisa me remémore une époque antérieure, qu'elle m'aide à cerner mes erreurs et à trouver un coupable car, même s'il était grisant de revivre les moments idylliques avec Christine, quelque chose achoppait systématiquement dans toutes les scènes, toutes, un petit spasme sur son visage ou un de ses commentaires qui aurait dû l'alarmer à l'époque mais n'en fit rien. D'accord. Je remonterai à ce temps-là, sans aucun doute, je revivrai les menus détails de notre relation, l'extase et l'angoisse, les plages de satisfaction béate et le flot grossissant d'antipathie qui nous poussa à nous éloigner l'un de l'autre. Mais une chose après l'autre : cet après-midi-là, slalomant dans les embouteillages sur l'autoroute en rentrant chez nous, je n'avais en tête que Lisa.

Autrefois, avant la Box, le vendredi après-midi, ma fille et moi avions nos habitudes : je m'arrêtais chez l'Italien en bas de la rue, prenais un verre, bavardais avec quiconque se trouvait là, puis j'appelais Katie pour lui demander de me rejoindre et nous dînions en tête-à-tête, père et fille : histoire de deviner ce qui se passait dans sa tête, comprendre ses pensées et ses sentiments au moment charnière où elle devenait une femme. Depuis la Box, nous avions arrêté. Plus le temps ! Le mieux que je pouvais offrir – ces derniers temps, surtout –, c'était une pizza à emporter, ou surgelée et passée au micro-onde, et une salade aux feuilles molles avalée dans les froids confins de la cuisine pendant que, chacun de son côté, nous calculions combien de temps nous devrions supporter ces faux-semblants avant de courir revivre.

Quand j'obliquai dans l'allée, je ne vis pas de lumière dans la maison, ce qui était bizarre, car Katie aurait dû être rentrée – et elle ne m'avait pas envoyé de texto ni ne m'avait téléphoné pour m'avertir qu'elle serait en retard. En posant le pied par terre, je me sentis une fois de plus très raide : je devrais vraiment faire plus de sport, je le savais, et je me promis de m'y mettre, dès que j'aurais sorti la tête de l'eau. Quand je remontai l'allée, je vis la triste couronne artificielle toute givrée, pendue de travers au panneau central de la porte d'entrée. Katie avait dû, de sa propre initiative, la dénicher au garage, dans le carton de décorations de Noël, pour participer aux préparatifs des fêtes, cette simple pensée m'immobilisa sur place : ma fille avait dû faire ça toute seule. J'en fus complètement abattu. Je le jure. Tournant la clé dans la serrure, poussant la porte, je me dis que les choses devaient changer, impérativement. Le dîner. Je l'emmènerais dîner – et au diable Lisa. Du moins pour l'instant.

« Katie ? Tu es là ? »

Pas de réponse. J'ôtai mon manteau et me rendis à la cuisine pour me verser un verre. Je vis des traces de sa présence, son sac à dos jeté par terre, un sachet de Doritos ouvert déversant ses chips tortillas sur le plan de travail, un Sprite light à moitié vide sur la planche à pain. Je l'appelai encore, immobile au milieu de la cuisine, à l'affût du moindre bruit, du moindre mouvement, tandis que ma voix renvoyait des échos dans la maison. J'allais sortir mon portable de ma poche pour l'appeler quand je songeai à la pièce à revivre, et mon estomac se noua. Ce n'était pas une pensée égoïste mais plutôt affligée, car si elle était là-dedans, à revivre – or c'était le cas, j'en étais persuadé –, qu'est-ce que cela traduisait de la vie sociale de nos jours ? Les adolescentes ne sortaient-elles plus ? Ne se retrouvaient-elles plus en meute au centre commercial, n'allaient-elles plus ensemble au cinéma, ne postaient-elles plus rien sur Facebook, et, pardonnez-moi, mais n'avaient-elles plus de rendez-vous galants ? A minima des sorties en groupe ? Comment allaient-elles, autrement, faire l'expérience des débuts rudimentaires de ce que les gens de la Box promouvaient au premier chef ?

Je me précipitai dans la pièce à revivre, sombre à l'exception des lumières dans les yeux de Katie. Je restai planté là à l'observer pendant un long moment, le temps de m'habituer à l'obscurité. Elle était scotchée à l'écran, présente physiquement mais l'esprit ailleurs et, si j'étais gêné (pour elle, mais aussi pour moi – son père –, moi qui envahissais son intimité au moment où elle était le plus vulnérable), la gêne le cédait à un chagrin tellement abyssal que je crus suffoquer. J'étudiai son expression. La regardai sourire, faire la grimace, prendre un air glacial puis sourire derechef. Que pouvait-elle revivre alors qu'elle avait si peu vécu ? Des vacances en famille ? Des Noëls ? Ses séjours semestriels à Hong-Kong chez sa mère et son beau-père ? Je n'arrivais pas à le concevoir. Et ça ne me plaisait pas. Ça devait cesser. J'allumai le plafonnier et me postai devant le projecteur.

Katie cligna des yeux dans ma direction mais ne me reconnut pas. Elle ne me reconnut pas car j'étais dans le présent et elle était dans le passé. « Katie, dis-je, ça suffit maintenant. Viens. » Je lui tendis les bras et alors seulement je vis dans ses yeux qu'elle me reconnaissait : elle eut un geste, comme pour me repousser, une vague irritation.

« Katie, allons dîner dehors. Tous les deux. Comme avant.

— Je n'ai pas faim. Et ce n'est pas juste. Tu peux l'utiliser comme tu veux, genre jour et nuit, mais dès que je veux m'y mettre… » Elle s'interrompit, les larmes aux yeux.

« Allez, viens. On va bien s'amuser. »

Le regard qu'elle me lança alors fut sans complaisance. Je tentai de détourner la conversation, de trouver quelque chose à dire, lorsqu'elle bondit du fauteuil avec une brusquerie telle qu'elle me surprit, et j'eus beau essayer de la prendre par le bras, de la tirer à moi, qu'elle s'y oppose ou pas… elle fut trop rapide. Avant que j'aie pu réagir, elle était déjà à la porte, ne marquant une pause que pour m'incendier d'un autre regard furibond. « Je ne te crois pas », cracha-t-elle avant de disparaître dans le couloir.

J'aurais dû la suivre, essayer de renverser la situation – de l'améliorer, du moins – mais je n'en fis rien. Parce que la Box était là. Elle s'était mise en veille quand Katie avait bondi du fauteuil et ce que ma fille avait revécu était retourné en elle, inaccessible, même si l'on imagine aisément qu'il existe des hackers dans le vaste monde, qui en ce moment même essaient de craquer la fonction reconnaissance rétinienne. Longtemps, je scrutai la porte ouverte, me débattant contre moi-même, mais je finis par aller la fermer doucement. Je m'aperçus que je n'avais pas soif, que je n'avais pas faim. Je m'installai dans le fauteuil. « Salut, Wes, dit la Box. Content de te revoir. »

Cette année-là, nous n'avons pas fait de sapin de Noël ; je crois que ni l'un ni l'autre n'y tenions vraiment : si nous voulions contempler des arbres constellés de paillettes, nous pouvions toujours revivre des Noëls antérieurs, plus joyeux. De mon côté, je pouvais remonter à mon enfance et revivre le verre de whiskey de mon père et l'expression de mater dolorosa de ma mère s'épanouissant face à la joie avide de la prunelle de ses yeux, son fils unique, déchirant le papier de ses cadeaux tandis que, délavé, le soleil californien hivernal taquinait les fenêtres et que la dinde grésillait dans le four. Katie partit (à contrecœur, me sembla-t-il) en vacances de neige à Mammoth, avec la famille de sa meilleure amie, Allison, qu'elle ne voyait presque plus en dehors des cours, dans le présent, et, de mon côté, je retournai à Lisa, car, si je voulais sérieusement revivre Christine – pas seulement le sexe, pas seulement les échanges de vœux et les moments cartes postales –, Lisa était ma passerelle.

Je déposai Katie chez les Allison, échangeai des salutations toutes faites avec les parents de sa copine aux sourires figés ainsi qu'avec ses frères jumeaux aux sourires tout aussi figés, puis m'arrêtai séance tenante dans une supérette pour acheter un pack de bouteilles d'eau minérale et la plus grosse boîte de barres énergétiques disponible sur le marché, avant de rentrer directement à la pièce à revivre. La veille, j'étais arrivé pas loin de la scène cruciale avec Lisa, à jamais fixée dans ma mémoire, comme le sera la crise entre Christine et moi, un quart de siècle plus tard, mais sans certitude quant à la date et l'heure où elle avait eu lieu. J'avais veillé toute la nuit – *une fois de plus* –, à appuyer sur le bouton avance rapide, revenant en arrière, sautant des lieux et des expressions, le premier piercing de Lisa, l'évolution de ma coiffure, mais je n'avais pas réussi à retrouver le moment précis, pas encore. Je posai les bouteilles d'eau par terre, à ma gauche, et les barres énergétiques à ma droite. « 9 mai 1983, dis-je, 4 h 00. »

Les chiffres s'allumèrent, puis je me retrouvai dans l'obscurité, visibilité nulle, ignorant où j'étais, jusqu'à ce que le cadran lumineux d'un radio-réveil se mette à dégorger et que je puisse distinguer le vague contour de mon corps, allongé sur le lit dans la pièce au fond de l'appartement aux murs, sols et plafonds noirs. À côté de moi, Lisa, réduite à une forme irrégulière dans l'obscurité, ronflait – pluralité de bâillements et bredouillements. Elle était stone. Et ivre. Une demi-heure plus tôt, dans la salle de bains, elle vomissait au-dessus de la cuvette : je compris que j'avais dépassé la scène. « Réinitialiser. Retour en arrière de quatre-vingt-dix minutes. »

Brusquement, la lumière, aveuglante après les ténèbres. J'étais seul dans le salon de l'appartement, j'étudiais, ou du moins j'essayais. Les cheveux flasques et les muscles quasi absents, je n'en étais pas moins jeune et plutôt pas mal, on pouvait le dire. Je vis que mon T-shirt Black Flag avait viré du noir au gris tant il avait bu de soleil, absorbé de lavages ; le livre sur mes genoux paraissait aussi familier qu'un objet qu'on aurait pu enterrer avec moi dans une vie antérieure – mais il est vrai que c'était ma vie antérieure ! Je me vis tourner une page, tendre le cou en direction de la porte, me lever pour changer de face l'album d'où était tirée la bande sonore. « Réinitialiser, dis-je, avance rapide de dix minutes. » Et tout à coup apparut ce que je cherchais : un crash brutal, la porte d'entrée tournant soudain sur ses gonds, Lisa et le toxico dont je ne voulais pas connaître le nom entrant à tâtons, tous deux aussi lents que du sirop sous les effets cumulés des sédatifs et de l'alcool ; la Box n'avait pas de fonction olfactive mais je jure que je sentis l'odeur de la tequila sur eux. Ils étaient sortis en boîte et pas moi, car j'avais mes examens. Lisa pouvait se le permettre en semaine car elle n'avait pas d'examens et n'avait pas non plus besoin de travailler pour payer ses études. Je bondis du fauteuil, renversant le livre, criant quelque chose que je ne compris pas. « Réinitialiser, cinq secondes en arrière. »

« Enculé ! » : voilà ce que j'avais crié. Ensuite, avant de donner un coup au gars pour qu'il lâche ce qu'il avait à la main – une bouteille de bière – brusquement je lui faisais une clé, Lisa me frappait le dos avec ses poings en griffes d'oiseau, je poussais le gars et le foutais dehors, jurant par-dessus la bande sonore des Clash (« *Should I Stay or Should I Go* », ironie frontale du genre qui vous fait presque croire que tout dans cette chienne de vie est programmé). Alors seulement, je vis qu'il était plus grand que moi, et sans doute plus costaud, mais la drogue lui avait ôté toute volonté et en un instant il n'était plus là ;

les trois verrous furent tirés violemment. Par mes soins. Je me tournais alors, furibond, vers Lisa.

« Stop, dis-je. Arrête. » Lisa se tenait face à moi, à la fois réfractaire et culpabilisant, jolie, jolie à m'en couper le souffle, malgré sa lèvre tombante et ses yeux de camée. J'aurais dû tout lâcher là, j'aurais dû oublier cet épisode et passer aux premières semaines, aux premiers mois et même aux premières années fastes avec Christine, mais je ne pus me retenir. « Play ! » Lisa levait une main pour me frapper, mais elle perdait l'équilibre et renversait la lampe à la place.

« Tu as baisé avec lui ? »

S'ensuivait une longue pause, si longue que je faillis accélérer, mais elle finit par répondre : « Ouais. Ouais, j'ai baisé avec lui. Et je vais te dire une chose » – mots gluants, syllabes fondant sur sa langue – « tu n'es pas punk. Lui oui. Un vrai de vrai. Mais toi ? Tu es, tu es… »

J'aurais dû arrêter là.

« Tu es *maniaque.*

— Maniaque ? » Incroyable. Aujourd'hui encore.

Elle faisait un grand geste de camée, titubante. « Psychorigide. Genre qui-c'est-qui-laisse-les-assiettes-sales-dans l'évier, ne sort pas les poubelles ou… genre… et les cafards, alors ? »

« Stop. Réinitialiser. 19 juin 1994, 23 h 02. »

Je me trouvais dans une autre chambre (murs crème), dans un autre lit, cette fois avec Christine. J'avais programmé le souvenir à la seconde près : post-coïtal, le sentiment de bien-être. Christine, dans un murmure doux, aspiré, soufflait : « Je t'aime, Wes, tu le sais, non ? »

« Stop. Retour cinq secondes en arrière. »

Elle le répète. À nouveau, j'arrêtai. Nouveau retour en arrière. Elle le répète une fois de plus. Et une autre encore et encore.

Le temps n'a plus de sens quand on revit. Je ne me rappelle plus le nombre d'heures durant lesquelles j'ai continué de surfer sur le bon vieux temps passé avec Christine – pas les moments de sexe, plutôt les longues heures affectueuses, de compagnonnage, instants ordinaires de la routine quotidienne quand je pouvais lire dans ses yeux qu'elle m'aimait plus que personne au monde et m'aimerait – moi – pour toujours. Dînant à la table de la cuisine, n'importe quel dîner, n'importe quelle nuit. Pour le plaisir d'y être. Ma femme. Ma fille. La façon dont la lumière inondait les vitres et déversait de l'or liquide sur les planchers de notre première maison à Canoga Park. Le premier anniversaire de Katie. Son premier mot (« Gâteau ! »). L'expression de Christine lorsque, recroquevillée avec Katie au lit, elle lui lisait *Max et les Maximonstres*. Sa voix lorsqu'elle descendait dans les graves pour imiter Max : « Je-vaiaiais-te-mââââangeeer ! »

Analyser, souffrir… : suffit ! Je n'étais pas masochiste.

À un moment donné dans le temps présent, je dus me lever du fauteuil et vider ma vessie d'aujourd'hui, dans la maison muette, spectrale et irréelle. Je n'y vivais pas. Je ne vivais pas dans le présent, avec son boulot abrutissant,

9h/17h, que je risquais de perdre, ma fille, que je décevais, et ma femme qui m'avait quitté – comme elle avait quitté sa fille – pour partir avec Winston Chen, chorégraphe de films d'arts martiaux à Hong-Kong, un homme aimant, charmant, amusant et pas autoritaire comme moi (*Maniaque*, hein ? *Psychorigide* !). Les échos de mes pas retentirent dans la maison, qui n'était rien de plus qu'un décor. J'allai à la cuisine où je pris le plus gros seau que je pus trouver sous l'évier, le rapportai dans la pièce à revivre et l'installai entre mes jambes pour ne pas avoir à me lever la prochaine fois.

Le temps passa. Le temps revécu comme le temps vécu. La pièce avait deux fenêtres, persiennes tirées pour éviter les interférences avec les affaires courantes : parfois, une légère lueur filtrait sur les bords, un effet que je remarquais surtout quand je recherchais une scène particulière et ne la retrouvais pas. Parfois, cette lueur disparaissait. Parfois pas. Or, arriva ce qui devait arriver, peut-être le deuxième jour, ou bien le troisième ou même le cinquième, qui sait… je commençais à avoir une indigestion de tout ça. En revivant, je m'étais nourri de tout un régime exclusif de sublimité, de joie, d'insouciance, le meilleur de Christine, le meilleur de Lisa et tous les moments-clés des femmes qui étaient venues entre elles et après elles, et puis j'étais remonté à mon test d'aptitude en algèbre, à l'instant même où, pointe du stylo encore sur le papier, j'avais su que j'avais obtenu un 100 %, puis au match de baseball où mon équipe en Little League (les Condors, T-shirts jaunes, lettrage blanc) était menée par trois points : ayant éjecté un ballon au champ droit en deux retraits, deux prises, neuf manches, je l'observai passer majestueusement au-dessus du gant de ce rouquin morveux qui ravalait sa morve d'allergique, et rouler jusqu'au mur. Une succession de triomphes, que du bon – jusqu'à ce que tout se coince dans ma gorge.

« Réinitialiser, 2 janvier 2009, 16 h 30. »

Je me retrouvai dans la cuisine de notre deuxième maison, celle-ci, où nous avions emménagé car elle se trouvait à l'extérieur de L.A., à proximité de bonnes écoles que nous avions dénichées pour Katie. Car c'est ce qui comptait : les écoles, Katie. Christine et moi y tenions absolument et, si nos trajets quotidiens en étaient rallongés tous les jours, qu'à cela ne tienne. Cette maison-là et pas une autre. Celle-là même dans laquelle je revivais. Tout reluisait autour de moi, plans de travail astiqués, vitres des vitrines aussi transparentes que l'air car les détails comptaient alors, tout était à sa place, que Christine fût présente ou pas. Surtout quand elle ne l'était pas. Mais où était-elle donc ? Ou plutôt, où avait-elle été ? En Chine. Avec son patron. Pour un film. Elle avait laissé ses bagages près de la porte d'entrée, là où elle les avait posés trois quarts d'heure auparavant : j'étais allée la chercher à l'aéroport et nous avions discuté dans la voiture, nous avions eu la discussion que j'allais revivre quand j'en aurais fini, car il n'était plus question que de souffrance désormais, que de la dure réalité, et cette scène-là était le bouquet, le coup de grâce. Des blessures à tire-larigot ! Vous voulez planter une lame de rasoir dans le gras de votre cuisse pour voir si vous êtes encore capable d'éprouver des sensations ? Ne vous en privez pas.

Christine apparaissait alors, descendant l'escalier en revenant de la chambre de Katie, les yeux mouillés, ou du moins humides, mais calme. Et me voilà qui me levait, poings sur la table, calvitie naissante exposée sous l'éclat du plafonnier. Je tirais le premier : « Tu le lui as annoncé ? »

Christine était en tenue de travail, bas noirs, talons, jupe au ras des genoux, veste cintrée. Elle avait l'air épuisé, et pas simplement par le vol de quinze heures mais aussi par l'annonce qu'elle avait dû faire. À moi, à notre fille. (Comme j'aimerais revivre ça, réentendre la façon dont elle avait abordé le sujet, sans parler de la manière dont elle avait maquillé son égoïsme, sa trahison avec des excuses spécieuses sur le bien-être de Katie – « Ne chamboulons pas tout, tu seras beaucoup mieux ici avec ton père, ton école, tes professeurs… Ce n'est pas une fin mais un début, haut les cœurs, tu verras. »)

La voix de Christine était à peine audible. « Ça ne me plaît pas plus qu'à toi.

— Pourquoi le faire, alors ? »

Un long silence. Trop long. « Arrêter », dis-je.

Impossible de continuer. Mon cœur battait à tout rompre. L'impression qu'on m'écrasait les yeux dans un étau. J'avais peine à déglutir. Je pris une bouteille d'eau et une barre énergétique, dévissai le bouchon, déchirai le papier d'emballage, bus, mastiquai. Elle allait dire : « Ça ne fonctionne pas. » J'allais répondre *Ça ne fonctionne pas* ?

Qu'est-ce que tu racontes, merde ? Quel rapport avec un quelconque *fonctionnement* ? Je croyais qu'il était question d'amour. Je croyais qu'on parlait *engagement*. Je savais que je n'aurais pas recours à la violence, alors que j'aurais dû, j'aurais dû la pousser manu militari jusqu'au taxi qui l'attendait dans la rue et m'imposer, m'installer dans le taxi, partir avec elle à Hong-Kong confronter Winston Chen, le génie des arts martiaux qui aurait pu m'estropier rien que d'un pied.

« Réinitialiser, dis-je. Août 1975, n'importe quel jour, n'importe quelle heure. »

La Box bourdonna : « Demande incomplète. Merci de choisir une date et une heure. »

J'avais douze ans, l'été où nous sommes allés dans le Vermont, au bord d'un lac duquel s'élevait une vapeur qui ressemblait aux brumes d'un rêve et où les souris sylvestres nichaient sous le réfrigérateur ; je n'avais pas de date ou d'heure déterminées en tête, seulement le besoin de m'éloigner de Christine, rien de plus. Je me rendis à la première scène qui me passa par l'esprit.

« 19 août, dis-je, 11 h 30. Démarrer. »

Une route goudronnée. Un soleil d'explosion nucléaire. Un gamin qui courait. Je me reconnus – j'étais déjà revenu à cet été-là, un été idyllique dans mon souvenir, à m'amuser avec des barques, à pêcher, nager, me promener dans les bois en compagnie d'un gamin du coin, Billy Scharf. Tout était neutre, parfait, la vie vécue dans l'instant. Mais pourquoi courais-je ? Et pourquoi avais-je cette expression-là, un regard où se mêlaient détermination et désespoir ? Je remontais l'allée, grimpais les marches, appelais mes parents : « M'man ! P'pa ! »

J'eus un mauvais pressentiment.

Je vis mon père se lever du canapé en osier sur la véranda, un jeune père en pleine forme, en jean et T-shirt, sans un cheveu blanc, mon père qui faisait toujours tout comme il faut. Mais pas cette fois-là. « Qu'y a-t-il ? demandait-il. Qu'est-ce qui se passe ? »

Puis ma mère poussait la porte à moustiquaire et se retrouvait sur la véranda, une serviette dans une main, les cheveux mouillés emmêlés après s'être baignée dans le lac. Et moi. Je ravalais mes larmes ; mes jambes, mes bras étaient comme des bâtons, un polo rayé, un short décoloré. « C'est. C'est… »

« Stop. Réinitialiser. » C'était ma chienne, Queenie, voilà ce que c'était : morte sur la route ce matin-là. Qui avait laissé le portail entrouvert ? Elle en avait profité pour se glisser dans l'interstice. N'avait-on pas mis en garde mon père cent fois ?

La pièce dans laquelle je me trouvais était plongée dans l'obscurité. Du seau entre mes jambes émanait une odeur infecte. J'avais besoin de plonger plus profondément pour sortir de cette ornière. Je piochai des dates au hasard, me vis au volant de ma voiture d'alors, coincé dans les embouteillages avec dix mille autres crétins qui auraient sans doute bien voulu avoir une fonction « avance rapide », je me vis à la trentaine, post-Lisa, pré-Christine, obsédé par Halo, et je restai là pendant des heures à me revivre dans le jeu vidéo, poupée russe, box dans la Box, jusqu'à ce que, finalement, je pense à Dieu ou à ce qui passe pour tel dans ma vie, au mystère qui transcende les mots, au-delà des lasers et des puces en silicone. Je réclamai une date neuf mois avant ma naissance : « 29 décembre 1962, 6 h 00 » quand j'étais… quoi… un embryon ? Mais la Box ne proposa rien, ni visuel ni audio. Quelque chose n'allait pas, carrément pas. On aurait dû entendre un battement de cœur. Le battement du cœur de ma mère, la première chose qu'on entend – ou ressent –, avant d'avoir des oreilles.

« Stop. Réinitialiser. » Je fus gagné par l'euphorie tandis que les mots me venaient à la bouche : « 30 septembre 1963, 2 h 35. » Le battement de tambour démarra, *ba-boom, ba-boom*, mais rien de visuel, pas encore, les minutes s'égrenèrent, *ba-boom, ba-boom*, et me voilà, à la lumière de ce monde, ma mère dans sa blouse d'hôpital maculée et l'homme aux sourcils joints, aux lunettes renvoyant des reflets, l'inconnu, le médecin, disant ce qu'il allait dire, formule de félicitations et de soulagement. Un garçon. C'est un garçon !

Puis ce fut le blackout. Quelqu'un se tenait devant moi, que je ne reconnus pas, pas de prime abord, comment aurais-je pu ? « P'pa, demandait-elle, P'pa, tu es là ? »

Je clignai des yeux. Tentai de faire le point.

« Non », finis-je par répondre, un mouvement de tête accentuant lentement ma dénégation, et les mots, le déni pesèrent comme des pierres dans ma bouche. « Je ne suis pas ici. Non. »

Ne sommes-nous pas humains ?

Le chien était de la couleur des cerises au marasquin. Je ne vis d'abord pas ce qu'il avait dans les mâchoires ; jusqu'à ce qu'il se soit posté sous les hortensias et se mette à étrangler la chose en question. Ce bref épisode aurait pu se dérouler à mon insu si je n'étais pas allé mettre la bouilloire sur le gaz pour me préparer une tasse de thé, et n'avais pas jeté un regard par la fenêtre qui donne sur la pelouse côté rue. Or, d'une part, j'étais particulièrement fier de ma pelouse, de son bleu-vert luxuriant qui réussissait à évoquer à la fois l'océan turquoise et l'émeraude d'un champ du Kentucky – et, d'autre part, quel que fût leur chromatisme, les chiens errants m'agaçaient. Les graines avaient coûté cher – un mélange de fétuque rouge, d'herbe de Bahia et de gazon des mascareignes agrémenté d'un gène d'une variété d'algue qui lui permettait de luire à la lumière de la véranda le soir – mais, alors que cette catégorie de gazon était très résistante à la maladie et à la sécheresse, elle réagissait mal aux piétinements, notamment des quadrupèdes.

Je sortis sur la véranda et, pensant pouvoir faire fuir le chien, tapai dans les mains. Il ne bougea pas d'un pouce. Ou, plutôt, si : mais seulement pour contracter les épaules et serrer les mâchoires autour de sa proie, dont je m'aperçus alors que c'était la microtruie adulée de ma voisine Allison. La bestiole, pas plus grosse qu'un pékinois, yeux de biche, ne paraissait pas – ou plus – se débattre et, tandis que je descendais les marches de la véranda en quête du premier objet avec lequel menacer le chien, je sentis mon cœur s'emballer. Allison était de ces propriétaires d'animaux domestiques qui ont tendance à anthropomorphiser ceux-ci : son existence de célibataire tournait autour de sa microtruie. Elle serait brisée, anéantie. Et qui allait lui annoncer la nouvelle ? Je sentis la colère monter en moi. Comment cette andouille de clebs était-il sorti de chez lui, et d'ailleurs, à qui appartenait-il ? Je n'avais pas de râteau et jamais une branche ne traînait sur la pelouse (les arbres de notre rue étaient d'une variété modifiée qui, ne perdait jamais rien, ni brindilles ni graines ni feuilles, quelle que fût la saison). Je me précipitai sur la pelouse, les mains vides, criant ce qui me passa par la tête, à savoir : « Méchant ! Méchant, le chien ! »

Je n'avais pas réfléchi. Et n'obtins pas l'effet que je n'avais donc même pas escompté : certes, le chien lâcha la microtruie, qui, à ce moment-là, était déjà manifestement au-delà de toute revitalisation possible mais, dans le même mouvement et sans cesser de grogner, il fit un bond et arrima ses crocs dans mon avant-bras gauche, comme s'il s'agissait d'un bâton qu'il était allé récupérer au cours d'un jeu. Curieusement, je ne saignai pas et ne ressentis aucune douleur, seulement une pression ferme et insistante, et la brûlure mouillée de la salive du chien sur ma peau. Je tirais mon bras dans une direction et lui faisait de même dans l'autre, en me fixant de ses yeux mornes. « Lâche-moi ! » hurlai-je. Il ne lâcha rien. « Méchant, le chien ! » répétai-je. Je tirai. Et lui de même.

La rue était déserte, comme le jardin du voisin, et la maison derrière moi : personne pour me venir en aide. Je portais le short, le T-shirt et les claquettes que j'avais enfilés moins de dix minutes avant en me réveillant, et me voilà, déjà vanné, pris dans cet exaspérant pas de deux interespèces à huit heures du matin d'un jour par ailleurs ordinaire. La chienne, car c'était une femelle, une bête curieuse rouge baie et imberbe, le crâne cuirassé et la musculature enflée d'un pitbull, ne montrait aucun signe de vouloir céder : les crocs accrochés à mon avant-bras, elle n'avait pas l'intention de me rendre ce dernier. Une minute entière s'écoula. Je me mis à genoux pour relâcher la tension dans mon dos. Ce mouvement ne sembla qu'exciter la chienne davantage : ses ongles arrachaient des mottes de pelouse tandis qu'elle forçait pour conserver ses appuis, essayant, avais-je l'impression, de me faire descendre à son niveau. Sur l'impulsion du moment, je fis de ma main libre un poing avec lequel je lui tapai sur le crâne trois fois en succession rapide.

L'effet fut instantané : la chienne lâcha mon bras et recula en jappant pour aller tourner et virer à la limite de la pelouse, m'observant d'un air soupçonneux, comme si, d'un coup, les règles du jeu avaient changé. L'instant d'après, au moment où je me rendais compte que, en fait, je saignais, une voix s'éleva dans mon dos : « Hé, vous, je vous ai vu ! »

Une fille traversait ma pelouse à grands pas, elle venait vers moi, une créature d'une taille surnaturelle, que je pris d'abord pour une adolescente mais qui n'était en réalité qu'une gamine de onze ou douze ans. Dès qu'elle apparut, la chienne lui emboîta le pas et tout devint clair comme de l'eau de roche. La fille, le regard noir, avança droit sur moi et s'exclama : « Vous avez frappé ma chienne ! »

Je n'étais pas d'humeur. « Je saigne, rétorquai-je en levant le bras pour preuve. Tu vois ça ? Ta chienne m'a mordu. Pourquoi n'est-elle pas attachée ?

— Ce n'est pas vrai. Ruby ne mordrait personne. Elle... elle jouait, simplement. »

Je n'avais aucune intention de discutailler avec elle. J'étais chez moi et la boule de chair qui se vidait de son sang dans l'herbe était l'animal domestique, trépassé, d'Allison. Je désignai cette pauvre microtruie.

« Oh, fit la gamine géante, baissant la voix, je suis *vraiment* désolée, je ne... il est à vous ?

— À ma voisine. » Je désignai la maison tout juste visible par-dessus la haie. « Elle sera bouleversée. Cette microtruie (j'aurais voulu la personnaliser, l'appeler par son nom mais, j'eus beau chercher, il ne me revint pas), elle n'avait qu'elle. Et elle lui avait coûté cher, aussi. » Je jetai un coup d'œil à la chienne, son regard rosé, ses flancs incarnats. « Comme tu peux l'imaginer… »

La fille me dépassait de huit ou dix centimètres, ses yeux étaient d'une teinte iridescente, presque violette, qui n'existait pas dans la nature ou, du moins, pas jusqu'à récemment ; elle ne cilla pas. « Elle n'a peut-être pas besoin de savoir.

— Comment ça “Elle n'a peut-être pas besoin de savoir” ? Sa microtruie est morte : regarde-la.

— Et si c'était une voiture qui l'avait écrasée ?

— Ça alors… ! Tu veux que je lui mente ? »

La fille haussa les épaules. La chienne, pantelante, s'accroupit. « J'ai dit que j'étais désolée. Ruby est sortie par le portail quand ma mère est partie au travail… Je lui ai couru après, vous m'avez vue…

— Et ça ? » Je brandis mon bras, dont la peau était moins trouée qu'éraflée, puisque les canines et les carnassières de la plupart des nouvelles races avaient été génétiquement modifiées pour empêcher tout véritable dégât dans ce genre de situation. « Elle est vaccinée, au moins ?

— C'est un *Pitbull Cerise* ! s'insurgea la fille, me lançant un regard dégoûté. L'immunité contre la mutation germinale est incluse. Voyons, tout le monde le sait. »

C'était un mardi : je travaillais donc chez moi, comme tous les mardis et jeudis. Je bossais dans l'informatique, comme pratiquement tout le monde sur la planète. Et j'abattais plus de boulot à la maison qu'au bureau. Mes collègues me pesaient, avec leurs humeurs, leurs opinions, leurs tics faciaux et tout le reste – je les aimais bien mais ils avaient l'art de toujours se mettre sur mon chemin au pire moment possible. À moins que... peut-être, finalement, je ne les aimais pas... oui, c'était sans doute ça. Quoi qu'il en soit, après le contretemps avec la fille et sa chienne, je rentrai à l'intérieur, appliquai une crème antibiotique sur mon avant-bras, pris mon thé, emportai une assiette de gaufrettes protéinées dans mon bureau et m'installai à l'ordinateur. Je pensai à la microtruie morte, ou plutôt à la réaction qui, j'imaginais, serait celle d'Allison : elle souhaiterait voir le cadavre. Et cela soulevait la question de savoir qu'en faire – le laisser sur place ou le fourrer dans un sac poubelle que je réfrigérerais jusqu'à ce que sa maîtresse rentre du travail ? Je songeai à appeler mon épouse. Manager régionale de Bank USA, Connie était, par nécessité, passée maître dans l'art des relations interpersonnelles : elle saurait quoi faire. Mais il n'était guère utile de la déranger pour un incident aussi trivial. J'imagine que j'aurais pu enterrer le cadavre ou le jeter dans la poubelle, puis jouer à l'innocent. Mais en fin de compte, j'y renonçai.

Il était plus de quinze heures quand je me dis que je devrais faire une pause déjeuner ; comme il faisait très beau, je sortis m'installer un moment sur la véranda avec mon sandwich et mon verre de thé glacé. J'avais complètement oublié la microtruie, la chienne et le chagrin qu'éprouverait Allison. Mais, une fois dehors, tout me revint : les arbres étaient envahis de corbojacquots qui, selon, crissaient, croassaient ou jacassaient. Ils étaient là pour une raison bien spécifique. J'ignore si vous avez déjà eu des corbojacquots dans votre voisinage mais, croyez-moi, ils arriveront. Ils ont été inventés par un universitaire spécialiste d'embryologie moléculaire : il a pensé qu'en introduisant les gènes du corbeau commun à la population invasive des jacquots, on mettrait un terme aux razzias des perroquets dans nos vergers et nos vignobles, en leur apprenant le goût des ordures et des charognes à la place de celui des fruits. Autre bénéfice : déplacer les corbeaux du cru, qui avaient à peu près éliminé tout chant d'oiseau de nos jardins. Le problème, c'est le facteur bruit – quelque chose dans la combinaison de ces volatiles semblait non seulement en avoir doublé le volume, mais aussi multiplié la complexité des cris : la moitié du temps, on avait besoin de bouchons d'oreilles pour s'adonner à la moindre activité de plein air.

Ce qui était le cas à ce moment-là. Les corbojacquots étaient partout. Ils juraient abondamment (*Méchant oiseau ! Merde, merde, merde !*) et battaient leurs ailes pailletées sous le bec de leurs congénères. Inquiet, je descendis de la véranda et, pour la deuxième fois de la journée, crapahutai sur la pelouse jusqu'au parterre de fleurs, où une mêlée de volatiles s'étaient réunis autour des restes de l'animal domestique d'Allison. Je moulinai des bras et ils s'égaillèrent à contrecœur, hurlant *Oiseau de merde !* et poussant le cri éraillé avec lequel ils me réveillaient presque tous les matins : *En-c-c-c-culé !* Quant à la microtruie (que j'aurais dû traîner jusqu'au garage, compris-je alors), elle était énucléée et son cuir légèrement bleuâtre était rayé de taillades rouge vif. Honnêtement ? Je n'avais aucune envie de toucher la bestiole : elle était immonde. Les volatiles aussi étaient immondes. Dieu sait quelle zoonose ils charriaient ! Je me tenais donc là, perplexe, lorsque la voiture d'Allison, reflétant la lumière de toutes parts, remonta son allée.

À tout juste la trentaine, notre voisine avait une silhouette lourde et une tignasse rousse à peine apprivoisée, qu'elle enveloppait toujours dans un foulard, ce qui lui donnait un air exotique, comme si elle avait été déplacée dans notre banlieue. Victime d'une série d'histoires de cœur catastrophiques, elle avait l'air triste et doux, et je ne pouvais réprimer un élan protecteur à l'égard de cette célibataire qui vivait seule dans cette grande maison héritée de sa mère. Lorsqu'elle traversa la pelouse, fondant déjà en larmes, j'eus l'impression de l'avoir laissée tomber et, par pur réflexe, ôtai mon T-shirt pour en recouvrir le cadavre.

« C'est elle ? demanda Allison, abaissant le regard sur le paquet recouvert à la va-vite à mes pieds. Et puis non, se reprit-elle, ne me dis rien. » Sur quoi, elle leva les yeux vers moi et répéta plusieurs fois mon prénom (« Roy, Roy, Roy ») comme si elle l'avait essoré dans sa gorge. *Va te faire foutre !* crièrent les corbojacquots dans les branches. *Merde, merde, merde !* Et voilà qu'Allison se jetait dans mes bras et m'étreignait avec un désespoir tel qu'elle manqua de m'étouffer.

« Je ne veux pas la voir », dit-elle d'une petite voix, et chaque syllabe fut comme un souffle brûlant sur mon torse nu. Je sentis l'odeur de ses cheveux, de son shampooing, l'odeur viciée de la sueur sous ses aisselles. « La pauvre », dit-elle tout bas. Quand elle leva la tête, je vis que les larmes brouillaient son regard. « Je l'aimais, Roy, je l'aimais vraiment. »

Une scène du passé me revint alors à l'esprit, un dîner avec Allison, Connie et moi, ainsi qu'un autre couple. Allison était avec son *inamorato* du moment, un cuistre orgueilleux qui, pour le compte du Contrôle de la population animale, incinérait des chiens errants et des vilains petits canards transgéniques. Allison, qui avait gardé sa microtruie sur les genoux pendant tout le repas, lui avait donné à manger dans sa propre assiette ; ensuite, quand nous nous étions retrouvés dans la salle de séjour, qui un cognac qui une bénédictine à la main, elle avait installé la bestiole au piano, qui avait tapoté *Twinkle, Twinkle, Little Star* avec ses sabots modifiés.

« Ouais, répondis-je (j'étais d'accord avec elle), mieux vaut ne pas regarder.

— C'était un chien, n'est-ce pas ? C'est bien ça (elle dut s'interrompre, le temps de se ressaisir). C'est ce que Terry Wolfson a dit quand elle m'a appelée au travail… »

J'étais sur le point de lâcher une platitude sur le fait que l'animal n'avait pas souffert, alors que j'avais vu la chienne la mâchouiller avec acharnement, comme elle avait mâchouillé mon avant-bras, lorsqu'un « Salut ! » venu de la rue dans notre dos nous fit nous séparer, gênés. C'était la grande gigue qui remontait l'allée, vacillant sur ses chaussures à semelles compensées ; cette fois, elle tenait la chienne en laisse. Je ressentis une pointe d'agacement – n'avait-elle pas déjà causé suffisamment de tort ? – et d'embarras aussi. Je n'avais pas l'habitude de m'exhiber torse nu en public ; ni d'ailleurs de me laisser surprendre enlaçant ma voisine célibataire.

Si elle déchiffra mon expression, la fille n'en laissa rien paraître. Elle approcha, la chienne trottant docilement à son côté. Le regard violet de la fille passa de moi, d'abord, à la forme gisant par terre sous le T-shirt ensanglanté, puis à Allison. « *Je suis désolée, madame*, dit-elle. *Pardonnez-moi. Ma chienne ne savait pas ce qu'elle faisait. Il est une bonne chienne, vraiment.* »

Cette fille, cette enfant, avec son expression vivace, nous surplombait de toute sa hauteur. Elle avait mis de l'eyeliner, du rouge à lèvres et du blush, comme si elle avait dix ans de plus et s'apprêtait à sortir en boîte de nuit. Ses cheveux – blonds, naturellement ondulés – s'évasaient comme une tente sur ses épaules puis pendaient jusqu'au creux de son dos. « Qu'est-ce que tu racontes ? demandai-je. Et pourquoi nous parles-tu en français ?

— Parce que je parle français. Et *Puedo hablar en español también und Ich kann auch in Deutsch sprechen.* J'ai un QI de 162 et je mets 9 secondes 58 au cent-mètres.

— Formidable, dis-je, échangeant un regard avec Allison. Impressionnant. Vraiment. Mais qu'est-ce que tu fais ici, que veux-tu ? »

Et ta mère ! crièrent les oiseaux. *Va te faire !*

La fille changea de pied d'appui, pataude comme l'enfant qu'elle était. « Je voulais simplement vous demander, je vous en prie, *s'il vous plaît*, je vous en supplie, ne dénoncez pas Ruby au Contrôle de la population animale. Mon père dit que, sinon, ils vont venir et l'endormir. C'est une bonne chienne, je vous assure, elle n'avait jamais fait ça avant. Normalement, elle est toujours, toujours, toujours en laisse. C'était un…

— Un accident qui ne se reproduira pas ?

— Ouais. Un accident. Une anomalie. »

Allison serra les mâchoires. La chienne nous regarda avec ses yeux rosés comme si rien de tout cela ne la concernait. Une brise qui ne charriait aucun insecte se mit à bruire dans les feuillages des arbres de la rue. « Et moi, qu'est-ce que je suis censée dire ? s'interposa Allison. Qu'est-ce que je suis censée éprouver ? Qu'est-ce que tu veux, mon pardon ? Eh bien, désolée, mais je ne peux pas. Pas pour le moment. » Elle adressa à la fille un regard furibond. « Tu aimes ta chienne ? »

La fille fit oui de la tête.

« Et moi j'aime… *j'aimais*… Shushawna aussi. » Elle étouffa. « Plus que tout au monde. »

Nous prîmes tous trois un instant pour contempler la carcasse sous son linceul, avant que la fille ne lève les yeux. « Mon père dit que nous vous rembourserons tous vos frais. Tenez », fit-elle, fouillant dans son sac pour en sortir deux cartes de visite : elle m'en tendit une, et l'autre à Allison. « On prendra en charge tout traitement médical dont vous pourriez avoir besoin, à cent pour cent », m'assura-t-elle, regardant mon bras d'un air dubitatif, avant de se tourner vers Allison. « Et nous remplacerons aussi votre animal domestique, si vous le souhaitez, *madame*. C'était un microcochon, n'est-ce pas, de Recombicorp ? Ou si vous voulez – mon père m'a autorisée à vous le dire – nous pourrions vous prendre un Pitbull Cerise comme Ruby, ou même un chatchien, si ça vous semble être une bonne idée… »

Ce fut un moment pénible. J'avais de la peine pour Allison, mais aussi pour la fille, même si Connie et moi n'avions pas d'animaux domestiques, pas même des nouvelles races hypoallergéniques, et n'avions pas davantage d'enfant, bien que nous ayons beaucoup discuté de la question. Il s'agissait ici d'un chagrin plus profond, la tristesse de l'attachement et de la perte, face à la manière dont le monde nous inflige ses changements, que nous y soyons préparés ou pas. Nous aurions, je crois, traversé cette mauvaise passe, nous en serions venus à une sorte d'accord – Allison n'était pas agressive et ce n'est pas moi qui aurais fait un scandale – si la brise n'avait pas balayé la pelouse, relevé le bord du T-shirt et exposé la tête énucléée de la microtruie : il n'en fallut pas davantage. Allison eut un hoquet et la chienne, ce monstre carmin, tira sur sa laisse, échappa à la fille et fondit sur le cadavre.

Lorsque Connie rentra, j'étais en train de me préparer un cocktail dans la cuisine. La porte d'entrée claqua. Connie était toujours pressée : pas un geste superflu. J'avais beau lui avoir demandé cent fois de ne pas claquer la porte, elle était par nature incapable de prendre les deux secondes nécessaires pour la refermer délicatement. L'instant d'après, je l'entendis poser d'un geste vif sa sacoche sur le guéridon du hall d'entrée, ses talons martelèrent ensuite le parquet – *tat-tat-tat-tat* – et puis elle se retrouva là, dans la cuisine : « Tu m'en prépares un, s'il te plaît, mon chou ? demanda-t-elle. Ou plutôt non : du vin. Est-ce qu'on a du vin ? »

Je ne lui demandai pas comment sa journée s'était passée : ses journées se ressemblaient toutes, le pied sur le champignon, une urgence après l'autre, qu'elle affrontait comme un général refoulant l'ennemi à la mer. Pas d'étreinte, pas de baiser de loin non plus. Nous n'étions pas ce genre de couple : à ses yeux (et aux miens, en toute honnêteté), ç'aurait été un geste inutile de plus. Sans un mot, je me tournai vers le buffet, pris un verre, l'emplis d'un sancerre qu'elle aimait, et le lui tendis. Alors que j'avais ouvert la fenêtre pour laisser entrer la brise, on n'entendait pas un oiseau : ils avaient dû aller envahir un autre jardin.

« La microtruie d'Allison a été tuée aujourd'hui, annonçai-je. Juste ici, sur notre pelouse. Par un de ces pitbulls transgéniques, un de ces boudins rouges dont ils font la pub à la télé… »

Connie haussa les sourcils. Elle fit tourner le vin dans son verre, en but une gorgée.

« Et il m'a mordu », ajoutai-je, levant le bras, sur lequel une contusion mauve s'était enroulée autour de la peau juste en dessous du coude.

La réponse de Connie n'avait aucun rapport avec le sujet, mais il est vrai qu'entre nous, nous sautions souvent du coq à l'âne. Connie menait une sorte de conversation mentale dans laquelle elle faisait les questions et les réponses, et moi aussi – les réponses ne cadraient jamais vraiment. Connie ne fit aucun commentaire sur ma blessure, la chienne, Allison ou ce que j'avais subi. Elle posa son verre sur le plan de travail, fit claquer ses lèvres que le vin avait humectées, et déclara de but en blanc : « Je veux un bébé. »

Je devrais, j'imagine, revenir brièvement en arrière pour vous donner une idée d'où cela sortait. Mariés depuis douze ans, nous étions d'accord qu'un jour, à un moment donné, nous aimerions fonder une famille, mais nous remettions toujours le projet à plus tard pour une raison ou une autre : nos carrières, nos finances, la crainte de l'impact qu'un enfant aurait sur nos vies : bref, la rengaine habituelle. À un détail près. Quel genre d'enfant : telle était la vraie question. Les générations précédentes n'avaient eu à s'interroger que sur le sexe de l'enfant à naître ou sur le fait de savoir s'il hériterait du nez de la tante Bethany ou du monosourcil de l'oncle Yuri – mais ce n'était plus le cas, plus depuis que la technologie de la correction des gènes nous était tombée dessus vingt ans auparavant. Désormais, on pouvait choisir non seulement le sexe de l'enfant au moment de la conception, mais également une foultitude d'autres caractéristiques. Avoir un enfant, c'était comme aller chez le concessionnaire et sélectionner les options à ajouter au modèle de base. Le sexe, à notre époque, n'avait plus qu'une fonction récréative ; les bébés étaient conçus dans les laboratoires. Il en était ainsi et on n'y changerait rien jusqu'à ce que, en tant qu'espèce, nous évoluions à nouveau vers autre chose. Le résultat était une nation – toute une planète – d'enfants comme cette grande gigue avec sa chienne rouge.

De mon point de vue, c'était intrusif et contre nature mais Connie n'entretenait aucun doute. « As-tu perdu la tête ? s'exclamait-elle. Veux-tu réellement que ton enfant, *notre* enfant, soit le seul demeuré de sa classe ? Ou quoi ? Qu'il suive une formation professionnelle, une carrière dans la cosmétologie ou qu'il devienne *mécanicien* ? Pour l'amour de Dieu ! »

Pour l'heure, vidant son verre d'un seul trait hargneux, elle annonça : « J'ai trente-huit ans et je tape du poing sur la table. J'ai pris rendez-vous au GenLab pour jeudi dix heures, et j'ai sacrifié une journée de travail pour ça. Soit tu viens avec moi (elle me lança un regard noir) soit je te jure que je vais me trouver un donneur de sperme. »

Personne n'aime les ultimatums. Surtout quand ils touchent à un événement qui va bouleverser votre vie et que les deux intéressés doivent l'envisager dans une totale harmonie. Je n'appréciai guère l'attitude de ma femme. Elle croyait pouvoir me tyranniser comme ses sous-fifres au boulot – mais je n'étais pas de cet avis. Elle croyait qu'elle aurait le dernier mot ; je ne partageais pas cet avis-là non plus. Je proférai des choses que je finirais par regretter plus tard, pris mon verre, passai la porte de la cuisine en fulminant et sortis dans le jardin, où, pour une fois, pas un seul oiseau ne lançait des jurons dans les branchages ; même les abeilles paraissaient avoir coupé le son tout en vaquant à leur besogne. La suite des événements découla de ce silence car, sans lui, je n'aurais pas entendu les effroyables lamentations *sotto voce* d'Allison qui progressait alors douloureusement dans les stations de son chagrin. Elle produisait tout bas des sons intermittents, un lâcher d'air rabougri, suivi par un gargouillis détrempé qui aurait pu être le râle cliquetant du démarrage de l'arrosage automatique : il me fallut un moment pour comprendre ce que c'était, et que cela venait du jardin d'à côté. En un clin d'œil, j'oubliai tout ce qui venait de se passer dans ma cuisine et songeai à Allison, en proie une fois encore à l'ouragan de ses émotions.

Tous les trois, nous avions réussi à détacher la chienne de la carcasse de la microtruie, lui criant après, la fille saisissant la laisse et moi donnant deux ou trois coups bien sentis à la croupe de l'animal… La microtruie d'Allison ne s'en porta pas mieux pour autant. Voûtée, les joues rouges, gênée malgré son QI pharamineux et ses attributs (quels qu'ils fussent), la fille traversa la pelouse puis descendit la rue, la chienne trottinant à son côté, tandis qu'Allison la suivait du regard, après quoi je proposai de faire la seule chose raisonnable à faire et enterrai ce qui restait de la pauvre bestiole. Je creusai un trou à l'arrière de l'abri de jardin d'Allison, et celle-ci lut une citation dont je me rappelai vaguement l'avoir apprise à l'école (« Quel besoin des étoiles, désormais ? Éteignez-les toutes ; / remballez la lune et démontez l'astre du jour ») ; je la tins dans mes bras pour la deuxième fois de la journée. Ensuite, je comblai le trou et rentrai à la maison préparer mon cocktail – puis Connie était arrivée, avait claqué la porte et clamé son exigence.

Comme tiré par des fils invisibles, je me dirigeai vers la modeste haie qui séparait nos deux maisons et l'enjambai. J'avisai tout de suite Allison sur son patio, penchée au-dessus de sa table de pique-nique. Elle portait encore sa jupe noire et son chemisier taupe, sa tenue de travail. Tête baissée, elle tenait son foulard en boule sous une joue. Je vis qu'elle pleurait, ce qui m'affecta d'une manière que je ne saurais expliquer, de sorte qu'avant de m'en apercevoir, je tombai dans un long tunnel obscur et me retrouvai à la consoler d'une façon qui me parut – comment dire ? – *naturelle* sur l'instant.

*

Il faisait nuit quand je rentrai à la maison. Assise sur le canapé de la salle de séjour, Connie regardait la télé sans le son. « Salut », dis-je. Je me sentais penaud et coupable (je ne l'avais jamais trompée avant et j'ignorai pourquoi je l'avais fait ce soir-là, sauf que j'étais très en colère contre ma femme et étrangement ému par le chagrin d'Allison, comme si c'était une excuse… En sachant pertinemment que ce n'en était pas une). Comme tous les amateurs, j'essayai de faire comme si de rien n'était. Connie leva la tête. Je ne sus décrypter son expression mais, au moins à la lueur vacillante de la télé, j'eus l'impression qu'elle s'était radoucie, qu'elle paraissait même contrite, comme si elle avait revu sa position, ou du moins la façon dont elle me l'avait exposée. Elle ne me demanda pas où j'avais été. Mais, simplement : « Où est ton verre ?

— Quel verre ?

— Ton cocktail ? Celui que tu t'es préparé avant de sortir en trombe ?

— Aucune idée… dehors, je suppose. » Je haussai les épaules, mais il était probable que je l'avais laissé chez Allison, le MacGuffin qui me trahirait et sonnerait le glas de notre mariage.

« Désolé, dis-je, mais j'étais contrarié, d'accord ? Je suis allé faire un tour. J'avais besoin de m'éclaircir les idées. »

Ma femme n'y trouva rien à redire.

Je changeai de sujet : « Tu as mangé ? »

Elle fit non de la tête.

« Moi non plus », répondis-je, sentant un poids se lever, comme si un rituel pouvait nous sortir de l'impasse. « Tu veux aller au restaurant ?

— Non, je ne veux pas aller au restaurant, répondit-elle. Je veux un bébé. »

Et que dis-je, depuis le tombeau où ma culpabilité gisait guère plus profond que l'épaisseur de terre que j'avais jetée sur la dépouille rétrécie et lacérée de l'animal de compagnie d'Allison ? Eh bien, je dis : « D'accord, on en reparlera.

— On en reparlera ? Le rendez-vous est fixé pour jeudi, dix heures. Et c'est non négociable. »

Elle avait raison – *c'était* le moment de fonder une famille. Elle avait raison, aussi, pour la cosmétologie et les mécaniciens. Quel parent responsable ne souhaiterait pas le meilleur pour son enfant, que cela implique un foyer stable, une alimentation saine, une éducation en école privée ou trafiquer les chromosomes dans un tube en laboratoire ? Comprenez-moi : j'étais contraint et forcé. Je sentais encore l'odeur d'Allison sur moi. Je sentais l'odeur de ma peur. Je ne voulais pas perdre ma femme – je l'aimais. J'étais habitué à elle. C'était la seule femme que j'avais eue depuis plus de douze ans, c'était une donnée prévisible, mon *foyer*. Et voilà que, en équilibre sur le bord du canapé, elle m'observait ; son air volontaire était tel un miasme qui serait passé sous la porte et à travers les interstices autour des fenêtres : l'atmosphère devint suffocante. Comme l'instant dans un combat de lutte où, au coup de sifflet, la prise se dilue et personne n'est cloué au tapis. « D'accord », dis-je.

Bref, elle gagna par abandon. Le lendemain – un mercredi –, je dus me rendre au bureau et endurer les banalités habituelles de mes collègues. Frustré au plus haut point, je finis par avoir envie de taper sur les parois de mon box. Or, sur le chemin du retour, je m'arrêtai dans une animalerie et achetai un bébé chatchien de huit semaines. Entre parenthèses, les gens ne savent pas vraiment comment appeler les petits, encore maintenant, quinze ans après leur création : ce ne sont pas des châtons et pas des chiots mais un entre-deux, ainsi que l'indique le nom de la nouvelle espèce. Alors, faut-il dire chiotons ou chachiots ? Le panonceau dans la vitrine indiquait simplement *Bébés chatchiens en promotion.* Ayant ainsi choisi une petite boule de fourrure avec une tête de chien et des rayures de tigre, qui se tortillait sans cesse, je la rapportai à la maison : une surprise pour Connie, dans l'espoir que la bestiole la distrairait suffisamment longtemps pour qu'elle revienne sur une décision qui, après tout, engageait notre avenir à tous les deux. J'avais fourré la bestiole dans ma chemise pour conduire, puisque, dès l'instant où la fille derrière le comptoir l'avait glissée dans le carton, elle s'était mise à miauler et japper alternativement, avec des intonations tragiques. Elle était restée blottie bien au chaud contre mon torse, satisfaite, jusqu'à ce que je gare la voiture, monte les marches de la véranda et pénètre dans la maison. Connie, qui était déjà rentrée, s'activait dans la cuisine. Elle avait posé un vase de fleurs sur la table, à côté d'un seau à champagne dont sortait le goulot d'une bouteille de Veuve Clicquot ; la pièce embaumait les fumets de mon plat préféré : une piperade basque, avec des œufs pochés dessus. Connie devait s'être arrêtée exprès à Maison Claude sur le chemin du retour. À n'en pas douter, elle avait quelque chose à fêter. Le lendemain matin, nous procréerions – ou du moins nous entamerions la procédure, ce qui, pour ma part, consisterait à produire un échantillon de sperme sous la contrainte (contrairement, ne pus-je m'empêcher de penser, à ce qui s'était passé avec Allison). Aucune étreinte. Aucun baiser de près ou de loin. Je me contentai d'un « Salut ! » et elle se contenta d'un « Salut » en retour. « Ça sent bon », dis-je, tentant d'évaluer son expression quand nous nous installâmes à table.

« Parfait timing », dit-elle, se penchant en avant pour ajuster la serviette à côté de son assiette, alors qu'elle était déjà alignée. « Je suis arrivée pile au moment où ils la sortaient du four. Claude l'a sortie pour moi… avec une miche du pain au levain croustillant comme tu aimes. Cuit de ce matin. »

Je lui souris. « Génial. Vraiment génial. »

Dans le silence qui s'ensuivit (ni l'un ni l'autre nous ne souhaitions aborder le problème), j'annonçai : « J'ai une surprise pour toi.

— C'est gentil. Qu'est-ce que c'est ? »

D'un geste théâtral de magicien, je sortis l'animal des plis de ma chemise et le brandis d'un air triomphal. Hélas, je dus, ce faisant, effrayer la bestiole, qui réagit en enfonçant ses griffes dans mon poignet, lâchant à la fois une salve d'aboiements et une crotte luisante sur le carrelage de la cuisine. « Pour toi », m'exclamai-je.

Mon épouse se rembrunit. « C'est une plaisanterie, j'espère ? Tu crois vraiment qu'on peut m'acheter à si bas prix – ou quoi, faire diversion ? » Elle ne fit aucun geste pour me prendre la bestiole des mains ; elle mit, à vrai dire, les siennes dans le dos. « Ramène-le où tu l'as pris. »

Amadoué, le chachiot avait rentré ses griffes et s'était installé dans le creux de mon coude comme s'il me reconnaissait, comme si, dans le processus qui avait consisté à le choisir puis à le cacher sous l'étoffe de ma chemise, je lui avais procuré quelque chose d'essentiel – de l'amour – et qu'il se satisfaisait d'habiter un nouvel univers sur des bases entièrement nouvelles. Je dis : « Il ronronne.

— Et alors ? Je suis censée chanter Alléluia ? C'est une bête de foire, tu le dis toi-même chaque fois qu'ils passent l'une de ces pubs ineptes à… »

Soudain, le jingle joua dans ma tête : bribes des dernières mesures berçantes du canon de Pachelbel, sur lequel la voix ronronnait : *Plutôt chien ? Plutôt chat ? C'est maintenant du pareil au même.*

« Pas plus bête de foire que la gamine au chien, répondis-je.

— Quelle gamine au chien ? De quoi parles-tu ?

— La gamine dont le chien m'a mordu. Elle doit mesurer près de deux mètres. Elle a un QI de 162. Ça ne l'a pas empêchée de laisser échapper sa chienne, et sa chienne m'a mordu.

— Où veux-tu en venir ? Tu n'es pas en train de faire machine arrière, dis-moi ? Nous avions un *accord*, Roy, et tu sais ce que je pense des gens qui reviennent sur leur parole.

— C'est bon, c'est bon, calme-toi. Tout ce que je dis, c'est que nous devrions peut-être nous ménager une période test ou je ne sais quoi avant de… Voyons, nous n'avons même jamais eu d'animal de compagnie.

— Un animal de compagnie n'est pas un enfant, Roy.

— Non, ce n'est pas ce que je voulais dire. C'est seulement, seulement que… »

Les corbojacquots entonnèrent alors l'un de leurs tapageurs chœurs vespéraux. Leurs brailleries étaient si perçantes qu'on les entendait même les fenêtres fermées – *Big Mac, Big Mac*, croassaient-ils, *Frites !* J'en perdis le fil de mes pensées.

« Alors, nous passons à table ? » demanda Connie d'une voix ténue. Nous regardâmes d'abord tous deux le micro-onde puis les excrétions animales sur le carrelage. « Parce que je me suis mise en quatre, lâcha-t-elle, les larmes aux yeux. Parce que je voulais que ce soit une soirée spéciale. »

À ce moment-là, nous nous enlaçâmes, même avec le chioton ou chachiot entre nous, et, couard que je suis, je dis à ma femme que tout irait pour le mieux. Plus tard, lorsqu'elle fut couchée, prenant le chachiot dans mes bras, j'allai chez Allison et sonnai. Notre voisine répondit en chemise de nuit, un sourire flottant sur ses lèvres. « Tiens, dis-je, lui tendant l'animal. Je l'ai acheté pour toi. »

Avance rapide de sept mois et demi. Je vis dans une maison avec une femme enceinte et à côté d'une voisine qui l'est aussi. Connie semble trouver ça amusant. Cela va sans dire, elle ne soupçonne pas la vérité. Par exemple, depuis la véranda nous observons Allison s'extrayant lourdement de sa voiture avec une brassée de courses et Connie dit quelque chose comme : « Je préfère être à ma place qu'à la sienne », « J'espère qu'elle ne doit pas aller aux toilettes toutes les cinq minutes comme moi » ou « Elle refuse de dire qui est le père… J'espère simplement que ce n'est pas ce c*** du Contrôle de la population animale. Comment s'appelait-il, déjà ? »

La situation est problématique à plusieurs titres. Et je joue les innocents, qui l'eût cru ? – mais que puis-je faire d'autre ? Je réponds alors : « Elle est peut-être allée à GenLab.

— Elle ? Tu plaisantes ! Voyons, il n'y a qu'à voir les abrutis avec qui elle sort. Si tu veux savoir, elle fait popu, Roy, désolée mais…

— Je ne vois jamais d'homme dans les parages.

— Je me comprends. »

Je ne vais pas m'engager sur ce terrain. J'ai tout essayé pour dissuader Allison de garder l'enfant – en désespoir de cause, pour ma plus grande honte, j'avoue que j'ai dû reprendre le même argument, la dynamique surhomme/sous-homme que Connie a essayée avec moi, école technique, cosmétologie, auto-dénigrement, fond de la classe, la totale… Se contentant de m'adresser un sourire amer, Allison déclara sereinement : « Je fais confiance à tes gènes, Roy. Tu n'as pas à t'impliquer. Je veux le faire, c'est tout. Pour moi. Pour la nature. Tu crois en la nature, n'est-ce pas ? »

Tu n'as pas à t'impliquer. Mais je l'étais de fait, même si nous n'avions fait l'amour qu'une fois. (Deux en réalité, en comptant le soir où je lui ai apporté le chachiot.) Et si elle avait un garçon, et qu'il me ressemblait et qu'il grandissait à côté de chez nous et qu'il jouait avec notre fille ? Ne serais-je pas impliqué ?

Vient donc un jour, au cours du huitième mois, un mardi où je travaillais à la maison alors que Connie était au bureau : je suis tellement concentré sur mon problème du jour que je repousse sans cesse ma pause toilettes, et finalement la matinée passe sans que je m'en aperçoive. Il en va toujours ainsi quand je suis accaparé par mon travail : une sorte de scission corps-esprit. Mais, en fin de compte, les besoins corporels prennent le dessus, je me lève et descends le couloir jusqu'à la salle de bains. Je suis donc là, debout, en pleine action, lorsque mon attention est attirée par les aboiements d'un chien sur la pelouse côté rue : je m'incline légèrement pour jeter un regard par la fenêtre et vérifier à quoi rime ce boucan. La responsable est la chienne rouge, la Pitbull Cerise : elle fait des bonds et massacre ma pelouse hybride en pourchassant je ne sais quoi. Ma première réaction ? De la colère : à l'encontre de la grande gigue, de son chevalier blanc de père et de tous les autres crétins de la planète. Mais, le temps de dévaler l'escalier, d'ouvrir la porte d'entrée et de sortir à la lumière du jour, ma colère est déjà retombée, car je vois que la chienne ne veut rien tuer : elle veut simplement jouer. Et ce qu'elle poursuit se soumet à la poursuite de son plein gré : c'est le chachiot d'Allison, désormais une bestiole adolescente longiligne, d'environ le tiers la taille de l'autre.

J'ai beau craindre pour ma pelouse, je dois avouer qu'à ce moment-là, sous la lumière qui transforme les arbres de la rue en piliers de cathédrale, au milieu du voisinage suspendu dans la poigne d'un après-midi d'automne chaud et paresseux, je trouve quelque chose de merveilleusement libérateur dans le jeu des deux bestioles, surtout le chachiot. Allison l'a baptisé Tigre en hommage à sa robe (rayures sombres de bête féroce sur fond de spitz nain orange) ; conformément aux attentes, il est d'une infaillible intrépidité, d'une athléticité et d'une élasticité qui combinent le meilleur des deux espèces dont il est issu. Il décrit des cercles autour du pitbull, feinte, esquive, grimpe à un tronc d'arbre et ensuite sur une branche, avant de sauter sur un autre arbre puis à terre pour y chevaucher, canin, la pelouse. « Vas-y, Tigre ! C'est bien. Attrape-le ! »

J'aperçois alors Allison, vêtue d'un short de grossesse et d'un haut énorme, qui passe de sa pelouse à la nôtre. Elle a beaucoup grossi (mais pas autant que Connie dans les mêmes circonstances, car nous avons opté pour un gros bébé, de la catégorie des cinq kilos : nous voulions qu'il – elle, en fait – bénéficie de cet avantage-là dès le départ). Je n'ai guère parlé à Allison ces derniers mois, depuis qu'il est devenu clair que ce que nous avons ressenti brièvement l'un pour l'autre (ou, pour dire les choses plus carrément, ce que nous avons fait ensemble) a fait long feu. Ce qui ne m'empêche pas d'éprouver encore des sentiments pour elle, bien sûr, en plus du ressentiment, je veux dire. Je lève donc la main et lui fais signe ; elle me salue en retour et je l'observe approcher pieds nus sur l'herbe luisante. Le soleil s'est posé sur les arbres et les animaux gambadent autour d'elle.

Je descends les marches de la véranda et ne puis m'empêcher de sourire en voyant son allure. Elle vient à moi, avançant avec une grâce pataude (l'expression a-t-elle le moindre sens ?). J'aurais envie de la prendre dans mes bras mais comment me le permettre, compte tenu du contexte ? Je lui prends donc les mains et l'attire à moi afin de lui déposer un baiser de voisin sur la joue. Pendant un instant, ni l'un ni l'autre ne dit mot, puis, mettant la main en visière pour mieux voir les animaux qui folâtrent, elle dit « Mignon, n'est-ce pas ? »

Je fais oui de la tête.

« Tu as vu comme Tigre a grandi ?

— Oui, bien sûr, je l'observe souvent… C'est sa taille adulte ? »

Le soleil se reflète dans les yeux d'Allison, d'un banal marron. « Personne ne sait, mais le véto pense qu'il ne grandira plus beaucoup. Peut-être prendra-t-il un demi-kilo, un kilo…

— Et toi ? Comment te sens-tu ?

— Mieux que jamais. Tu vas me voir plus souvent… Ne t'inquiète pas, ce n'est pas ce que je veux dire : simplement que j'ai demandé un congé de maternité dès maintenant, même si je ne dois accoucher que dans… six semaines environ. » Ses deux mains, de jolies mains, une jolie forme, se posent sur la protubérance que souligne son chemisier géant. « Ils sont très sympas avec moi, au bureau. »

Connie ne compte pas partir en congé avant de perdre les eaux. Connie est comme ça. Je voudrais le dire à Allison, pour le plaisir de souligner le contraste, de faire la conversation, mais, remarquant qu'elle regarde par-dessus mon épaule, je me retourne et vois la grande gigue remontant l'allée, laisse à la main. « Je suis désolée, crie-t-elle. Elle s'est encore détachée. Désolée, vraiment, vraiment. »

J'ignore pourquoi mais je me sens porté à la générosité, ouvert. Je réponds : « Pas de problème. Elle s'amuse. »

C'est alors que la voiture de Connie déboule dans l'allée, trop vite et, l'espace d'un instant, je me dis qu'elle va écraser un animal mais elle freine in extremis et ils se répandent comme de l'eau autour des roues avant de repartir se courir après sur la pelouse. Pas facile de jauger l'expression de mon épouse quand elle ouvre la portière d'un coup, s'extrait péniblement de derrière le volant et pose par terre d'abord un pied puis l'autre (je devrais aller l'aider mais je suis scotché sur place). Sur quoi, elle remonte l'allée comme si elle ne nous avait pas vus. En approchant des marches, elle pivote sur elle-même et je devine qu'elle se demande si ça vaut la peine de venir dire bonjour à notre voisine et d'observer de plus près la grande gamine qui flotte derrière nous comme l'avatar qu'elle est. Elle décide que ça n'en vaut pas la peine. Elle reste plantée là un instant, nous dévisage et, bien qu'elle se tienne à une dizaine de mètres, je comprends à son expression que la lumière se fait dans son esprit et que ça a à voir avec la façon dont Allison se tient près de moi comme si elle posait pour un portrait ou une illustration dans un ouvrage sur le planning familial : homme et femme, chromosomes XY et XX. C'est juste un instant, et je ne suis certain de rien, mais ses traits se figent, puis elle nous tourne le dos, gravit les marches et fait claquer la porte derrière elle.

Quand s'est développée la technologie CRPGRE (Courtes répétitions palindromiques groupées et régulièrement espacées), partout gouvernements et scientifiques ont juré au public qu'il n'en serait fait qu'une utilisation sélective, pour combattre les maladies et rectifier les déformations congénitales, pour éliminer, par exemple, la mutation du gène BRCA1, qui prédispose au cancer du sein, ou la capacité du moustique *Anopheles* à transporter le parasite qui transmet la malaria. Qui aurait pu trouver à y redire ? On vendait des kits d'élimination de génome (Détruit tous les gènes !) aux amateurs, qui pouvaient ainsi créer dans leur cuisine leur propres formes anomales de levure et de bactéries. C'était révolutionnaire et, de plus, fort amusant. Parce qu'on bricolait. On inventait. Les industries de la viande et des animaux domestiques nous ont donné des poissons arc-en-ciel, des hippocampes dont les cellules comportent de la poussière d'or, des lapins qui, sous une lumière noire, luisent (d'une lueur verte), le supercorbeau augmenté, la microtruie, le chachiot et tous les autres. Les Chinois ont été les premiers à renoncer à tout contrôle et à améliorer le génome humain ; comme si ça ne leur suffisait pas, ils se dépassèrent encore davantage en lançant les premiers enfants modifiés. Cela va de soi, nous avons dû rester compétitifs…

Dans une pièce de GenLab, on nous présenta, à Connie et à moi, un menu complet des possibilités de nos comptabilités chromosomiques. Nous avons choisi d'avoir une fille. Nous avons sélectionné des yeux émeraude – pas irisés, pas dotés d'une luminosité anormale, mais d'une couleur soutenue qui plus tard lui permettrait de porter du vert (menthe, olive, irlandais) et de parler avec les yeux. Nous l'avons aussi choisie grande, comme la quasi-totalité des clients. Musicienne : nous aimons tous deux la musique. Intelligente, naturellement. Des traits fins, une subtile fossette au menton, une poitrine parfaite, des seins plus volumineux que ceux de Connie mais pas trop. Oui, c'est bien cela, un *menu*, et nous avons passé commande.

La grande gigue est tout près de nous maintenant, elle sourit comme l'héroïne d'une saga norvégienne, et ses yeux nous balaient comme des projecteurs. Elle observe Allison, évalue son état. « Fille ou garçon ? » demande-t-elle. Un infime sourire flotte alors sur les lèvres d'Allison, qui baisse la tête et hausse les épaules.

Un instant, la fille – le génie – a l'air désorienté. « Mais, mais… bégaie-t-elle, comment est-ce possible ? Vous ne voulez tout de même pas dire que vous… »

Avant qu'Allison ne puisse répondre, un corbojacquot fuse de l'arbre le plus proche et vole tout bas pour nous crier sous le nez *Va te faire voir !* Et alors se produit un petit miracle. À l'aise comme n'importe quelle créature qui soit ou qui fût jamais, Tigre bondit dans un tourbillon catapultant de fourrure et attrape la bestiole d'un coup de mâchoires. En un clin d'œil, le tour est joué et les plus jolies plumes qui aient jamais existé s'élèvent et dansent dans la brise qui les emporte.

La Fourmi argentine

(Pace Calvino)

Le bébé avait été malade, nous avions épuisé nos économies tout comme notre patience, nous étions las des spécialistes qui semblaient n'être spécialistes que du doute. Sans parler de l'exiguïté de notre appartement bruyant en résidence d'étudiants. Lorsque s'est présentée l'occasion de louer la maison de Il Nido, nous avons sauté dessus. Nous n'étions jamais descendus si loin au sud mais mon oncle Augusto avait passé la plus belle période de sa vie dans ce bourg, dont il nous avait toujours vanté les mérites – or, comme le loyer ne représentait qu'une fraction de ce que nous payions jusque-là et que, pour l'année à venir, ma bourse nous assurerait un salaire certes modeste mais régulier, nous n'y avons vu aucun obstacle. Du moment que la santé du bébé n'était pas compromise, bien entendu. À seize mois, c'était un bel enfant, costaud, dont le problème (une sensibilité exacerbée au toucher, d'origine dermatologique ou neurologique, selon le spécialiste auquel nous nous adressions) avait paru s'améliorer dès qu'il avait pu s'accroupir sur ses bonnes petites jambes potelées. Y aurait-il des spécialistes dans ce trou perdu, ce village de pêcheurs à l'extrémité de la péninsule ? Des pédiatres ? Des neurologues ? Des dermatologues ? Improbable. Mais, d'une certaine façon, ce serait un soulagement, puisque sa maladie ne menaçait guère ses fonctions vitales et que les divers diagnostics et explications étaient plus inquiétants que la maladie même. Ce dont notre fils avait besoin, c'était d'être soustrait à l'effet de notre cafardeux climat septentrional, avec ses gouttières à jamais dégoulinantes ; et soumis à un soleil auquel il pourrait se dorer et s'épanouir – tout comme nous, et ce n'était pas rien !

Nous connaissions la propriétaire, une certaine signora Mauro, par l'intermédiaire de mon oncle, lequel avait loué sa maison vingt ans plus tôt, à l'époque où, entre deux mariages, il travaillait à un roman qui n'avait jamais quitté ses tiroirs. Je ne me rappelle rien de ce livre, dont il nous avait pourtant lu des extraits, à moi et à ma sœur, quand nous étions gamins et qu'il occupait la chambre d'ami au-dessus du garage, mais je me souviens comme si c'était hier de sa description du village et de la paix qu'il y avait trouvée, bien que, avec le recul – à la lumière de ce qui nous est arrivé là-bas –, je suppose que cela, aussi, relevait du domaine de la fiction.

Ma femme Anina et moi ne nous sommes pas posé de questions. Nous sommes partis à l'aventure, et voilà… Ou peut-être plus qu'une aventure : une fugue. Nous prîmes le train puis une succession d'autocars, dont le dernier nous déposa devant la maison labyrinthique de la signora Mauro, dans le bourg. Le bébé s'était admirablement comporté pendant le trajet. En regardant par les fenêtres agitées de soubresauts, ma femme et moi avions rêvé d'une longue période de répit dans notre existence, elle libérée d'un boulot temporaire de secrétaire au salaire minimum et moi libre de me consacrer à ma recherche, qui consistait à résoudre le problème de géométrie algébrique connu sous le nom de « conjecture de Hodge » et, accessoirement, à remporter le prix du Millénium, d'un million de dollars, une somme qui assurerait notre subsistance pour un bon bout de temps. Mes attentes étaient-elles irréalistes ? Sans doute. Mais, à vingt-huit ans, j'avais fait le tour du cursus et de la vie universitaires ; en outre, tout le monde sait qu'à l'instar des poètes, les mathématiciens produisent leurs meilleures œuvres avant d'avoir atteint la trentaine. Nous bouclâmes donc nos valises, montâmes dans l'express pour arriver sur le seuil de la signora Mauro à Il Nido, sous un soleil enveloppant.

Située sur un promontoire au-dessus de l'océan, notre location était coincée entre deux autres bâtisses aussi modestes que la nôtre, composées de deux ou trois pièces et de plain-pied. La signora Mauro portait les traces d'une ancienne beauté, fanée à l'exception d'une certaine lueur dans ses yeux. Pour nous aider à transporter nos affaires sur la colline parabolique jusqu'à la maison du promontoire, elle trouva deux factotums. Puis elle passa un quart d'heure à nous expliquer des détails pratiques comme le fonctionnement de la gazinière, le réglage de la température du réfrigérateur, et ainsi de suite. Ensuite, elle me fit discrètement comprendre qu'il me fallait donner, à chacun des manœuvres, quelques billets froissés. Sur quoi elle redescendit la colline, apparemment contente d'elle-même.

Il ne nous fallut pas plus d'une demi-heure pour ranger nos maigres biens (vêtements, livres, affaires du bébé, un carton d'ustensiles de cuisine qu'Anina avait tenu à emporter alors que notre location était un meublé et disposait donc de tout le nécessaire), et nous faire une idée de notre nouvel espace. Il y avait trois pièces, cuisine, chambre, salon, ainsi qu'une salle de bains avec une vieille et imposante baignoire à pieds de lion, assez grande pour un régiment ; à l'arrière, les fenêtres à vantaux donnaient sur (les vestiges d') un jardin tout en longueur, sec et squelettique. Il était clos par une haie basse derrière laquelle une vingtaine de mètres de broussailles menaient au surplomb au-dessus de l'océan. « Regarde, Anina, criai-je, en ouvrant la porte arrière, il y a de quoi faire un potager ! Nous pourrons faire pousser des tomates, des courges, des concombres… des haricots aussi ! »

La langue de ma femme, si peu loquace en public, si correcte (« pas une once d'humour », disait ma mère), se déliait en privé. Toujours critique, elle paraissait voir les choses telles qu'elles étaient alors que j'avais tendance à les voir en rose et à espérer que tout se passe pour le mieux. Je l'observai quand elle sortit à son tour après avoir déposé notre fils dans le porte-bébé au pied de notre nouveau lit, où il s'endormit séance tenante. Ma femme était la grâce incarnée, avec les serpentins de ses cheveux pris dans la brise qu'elle générait, ses hanches oscillant avec le naturel qui la définissait, lèvres entrouvertes comme pour exprimer la passion – mais sa réponse à ce moment-là manqua tout autant de grâce que de passion. « Tu appelles ça un jardin ? Des pierres et une terre lessivée, oui !

— La maison est vide depuis longtemps... À quoi t'attendais-tu ? Avec des graines, un peu d'eau, du fumier et...

— De l'eau ? Où vois-tu de l'eau ? »

Je jetai un coup d'œil alentour. Il y avait une vasque à oiseaux – ou plutôt ses vestiges – au bord de l'allée centrale qui divisait le jardin en deux, les restes cloqués d'un vélo sans roues qui avait l'air de remonter au temps de l'oncle Augusto, et un arrosoir rouillé, coincé dans un enchevêtrement de plantes grimpantes jaunies, preuve que jadis le jardin avait été alimenté en eau. « Là ! » : me retournant vers le mur passé à la chaux, je découvris un robinet et une longueur de vieux tuyau enroulé en dessous. « Et ça, c'est quoi ? »

Sans rien dire, Allison remonta l'allée et se pencha au-dessus du robinet, avec l'intention manifeste de l'ouvrir, pour me prouver que je me trompais. Mais, s'arrêtant net, elle s'exclama tout bas : « Mon dieu – les sons moururent dans sa gorge. Qu'est-ce que c'est, *ça* ? »

Je me précipitai pour me rendre compte par moi-même. C'était une colonne noire et sinueuse de fourmis qui, émergeant du sol sous le robinet de jardin, remontait le mur de la maison et disparaissait dans une fissure à la jonction du stuc et de l'avant-toit. Je ne réagis pas immédiatement, fasciné par cette démonstration luisante de coordination et de détermination, bannière vivante faite de milliers, de centaines de milliers d'individus lancés dans des permutations insondables (je calculais déjà en termes d'algorithmes). « Des fourmis ! s'insurgea mon épouse. Je déteste les fourmis ! »

Passant sur les détails de sa malheureuse liaison à la fac avec un biologiste de dix ans son aîné, marié et spécialiste de myrmécologie, je me contenterai de dire qu'elle saisit le tuyau et le pointa vers la colonne de fourmis dont elle ne voyait guère quel attrait elles pouvaient exercer – au contraire. Le tuyau se dilata, un jet en jaillit, les fourmis tombèrent mais se massèrent à la base du mur, se réalignèrent et repartirent à son assaut, cette fois en deux rubans distincts qui convergèrent juste au-dessus du point d'impact du jet.

« Tu n'y arriveras pas comme ça, dis-je. C'est temporaire, de toute façon. »

Mon épouse ferma le robinet d'un coup sec. « Tu vas devoir aller au village chercher de quoi les empoisonner. Une poudre, je ne me souviens plus trop… Mon père employait ça. On la répand à la base des murs…

— Tu es folle ? Nous ne pouvons pas utiliser de poison ! » Je songeais au bébé. C'est à ce moment-là qu'un cri aigu et bafouillant se répercuta en échos depuis les profondeurs de la maison. Ma femme et moi nous dévisageâmes, horrifiés, puis elle lâcha le tuyau et nous nous précipitâmes dans la chambre. Le sol n'était plus qu'un océan de fourmis : désorientées, furieuses, elles avaient fui l'inondation et s'étaient réfugiées au sec. Toute considération de couleur de peau mise à part, le bébé était noir de fourmis.

L'ironie de la situation ne put m'échapper. Un spécialiste avait comparé la maladie de notre fils à la sensation d'avoir des fourmis fantômes rampant sur tout le corps, et voilà que cette sensation était devenue réalité ; les fourmis n'étaient plus fantômes. Affolé, il renversait la tête et hurlait tant que nous crûmes que ses poumons allaient éclater. Je le sortis précipitamment du berceau, ma femme lui arracha son pyjama en tissu-éponge, le mit en boule et, portant des coups saccadés et frénétiques, frappa son torse et ses membres pour le débarrasser des fourmis. Nous en avions nous-mêmes partout, qui, bouillonnant en vagues miniatures sur nos sandales, remontaient en débandade entre nos orteils, nos doigts puis sur nos bras, à tous les points de contact avec notre fils. Lorsque nous eûmes finalement réussi à l'en débarrasser, allant chercher le balai, je m'attaquai à la horde noire et tourbillonnante avec une méchante ferveur jusqu'à ce que plusieurs milliers d'entre elles, écrasées, suintant leur odeur acide si particulière, soient repoussées vers la porte arrière et le jardin. Le bébé, qui geignait encore, se trouvait dans les bras de mon épouse. Elle se balançait avec lui, roucoulant pour le calmer de menues monosyllabes sans queue ni tête ; les fourmis survivantes se réfugièrent dans une crevasse entre le carrelage et le mur. « Ce n'est pas admissible », postillonna-t-elle, tournant sur elle-même et berçant le bébé, yeux rivés sur moi comme une paire de pinces. « Nous ne pouvons pas habiter ici. Moi, en tout cas, je ne peux pas. Pas dans ces conditions. »

Gardant mon calme alors que je bouillais intérieurement, je lui répondis que nous n'avions pas le choix, puisque nous avions déjà versé des arrhes, payé le loyer du premier et du dernier mois. Et puis, je devais installer mon bureau et travailler pour remporter le prix si nous voulions espérer un jour passer à la vitesse supérieure.

« Le prix ? rétorqua-t-elle. À d'autres. Tu vas devenir millionnaire en trouvant la solution à un problème insoluble ? Un problème sur lequel tous les mathématiciens du monde planchent probablement à l'instant même… sans être embarrassés par des fourmis, eux ? Dans de vraies maisons, dans des bureaux à l'université, avec air conditionné, sols cirés et pas d'insectes ! »

Voilà qui fit mal. Sans l'ombre d'un doute. Nous n'étions pas installés dans notre nouvelle maison – notre nouvelle vie – depuis plus d'une heure que déjà elle remettait en cause toute la proposition et, pire, mes aptitudes, mon intellect, ma foi dans ce qui me distinguait des autres. J'étais à deux doigts de trouver la solution – elle flottait là, quasiment à portée de main, depuis des mois : il suffisait de découvrir et appliquer la topologie appropriée. Je savais que, si je pouvais disposer de ces quelques mois de tranquillité face à l'océan, de la possibilité de me concentrer, je pouvais y arriver. Je baissai la voix. « Ça ne coûte rien d'essayer. »

Un long moment s'écoula pendant lequel je restai debout près de la porte de la chambre. Secouant le bébé, ma femme se tourna légèrement vers moi, m'accordant un point mais encore fâchée, entêtée, nerfs à vif à cause du déménagement, de la fragilité du bébé, de l'expression tangible du malaise que procuraient ces insectes pullulants, qui n'étaient même pas indigènes, rien que des migrantes venues de l'autre côté du golfe, en Amérique du Sud. « D'accord », lâcha-t-elle, se mordillant la lèvre inférieure en se retournant d'un coup, le bébé dans les bras, comme si elle l'avait pris en otage. « Mais tu ferais mieux de trouver une solution à notre problème du moment, à ces nuisibles, avant de songer à t'asseoir à ce bureau. »

Comme nous n'avions pas mangé, ni l'un ni l'autre, et que c'était déjà la fin de l'après-midi, je me dis que j'allais descendre au village acheter de quoi préparer un en-cas – pain, fromage, saucisson, un fiasco de vin, du lait pour le bébé. Je profiterais de l'occasion pour me renseigner sur les poudres et vaporisateurs non toxiques disponibles sur place, n'importe quoi pour décourager les fourmis, surtout après le crépuscule. Je fus la proie d'une vision sinistre : je tournais et virais toute la nuit dans un lit inconnu et les fourmis, dégorgeant d'une fissure dans le sol, faisaient de ma peau un terrain de jeu. Et de celle de ma femme, aussi. Je me voyais déjà suspendre le berceau du bébé à un crochet au plafond comme une plante en pot. Ce n'étaient pas des fourmis volantes, n'est-ce pas ? Quoi qu'il en fût, je m'étais à peine engagé sur le dallage de l'allée qui menait au portail, lorsque j'entendis, provenant de la maison voisine, de la musique (violon jazz, sensuel et bouleversant éraillement rythmique de l'archet) et des murmures ponctués de rires. Sur l'impulsion du moment – et par esprit de voisinage –, je changeai de cap, me dirigeai vers la haie qui séparait notre jardin de celui de la maison voisine, et me penchai par-dessus.

J'en éprouvai immédiatement de la gêne. Car je me retrouvai face à mes voisins, un couple, la quarantaine, en maillot de bain. Le bikini de la femme laissait peu de place à l'imagination. Surpris, ils me dévisagèrent, installés à une table à plateau en verre, sirotant un Campari ; tous deux pieds nus posés sur les deux chaises vides de leur ensemble de quatre. Elle était brune, il était blond, et tous deux paraissaient plutôt inoffensifs : d'ailleurs, aussitôt passée la surprise initiale, ils arborèrent un large sourire et la femme, qui, j'allais bientôt l'apprendre, s'appelait Sylvana, cria : « Salut ! Vous devez être le nouveau voisin. » Et le mari : « Venez donc prendre un verre J'insiste. » Puis la femme : « Pas de formalités entre nous… passez simplement par-dessus la haie. Venez. »

Je portais un pantalon kaki et une chemise en rayonne dont j'avais relevé les manches jusqu'aux coudes, rien de formel, mais ils étaient quasiment nus : je dus donc mettre mes scrupules de côté avant d'enjamber la haie et, si je me retrouvai avec une poignée de fourmis là où je m'étais arc-bouté pour passer les jambes au-dessus de la végétation, je les éliminai aisément, d'une tape furtive.

Ni l'un ni l'autre ne se leva, même si la femme déplaça ses jambes (joliment galbées) pour mettre ses pieds sur la même chaise que le mari et me faire de la place. Je m'assis et nous fîmes les présentations. J'avais affaire au signor Reginaudo (« Appelez-moi Ugo »). Bientôt, je sirotais comme eux un Campari on the rocks.

Combien de temps avant que je me mette à me gratter ? Quelques minutes ? Ou quelques secondes ? Les Reginaudo partirent d'un petit rire. « Voyons, dit Sylvana, d'un ton un tantinet aguicheur, mettez vos pieds à côté des miens… »

C'est alors que je remarquai que les pieds des sièges – et de la table également – étaient ancrés dans de vieilles boîtes de conserve de tomates pleines de ce que je supposai être de l'eau. À mon tour, je me mis à rire.

« Les fourmis… », dis-je et, brusquement, nous riions tous les trois : un long rire débridé, traversé par des veines de soulagement, de frustration et de partage, un rire empreint de camaraderie et peut-être aussi de désespoir. Hochant la tête et pouffant, au point qu'il dut se stabiliser avec une grande gorgée de Campari et un tambourinement hyperactif de son sternum, Ugo répéta le nom, ce pluriel, comme si c'était le terme le plus hilarant de la langue.

S'ensuivit un silence gêné, au cours duquel j'entendis à nouveau le violon. Nous sirotâmes simultanément nos verres en essayant, de crainte de gâcher l'illusion, de ne pas regarder de trop près les tiges, feuilles et pétales qui nous entouraient comme dans un Éden miniature. Le plus infime brin d'herbe, la moindre pierre, tout dans le jardin était animé par une présence sombre et remuante, comme si la surface de la terre palpitait. Sylvana me lança un regard entre mortification et jovialité, et je m'entendis dire : « Nous avons aussi des fourmis à côté. » À nouveau, nous éclatâmes de rire.

« C'est une des réalités de la vie ici, à Il Nido, commença Ugo, une fois qu'il se fut ressaisi (s'aidant d'une nouvelle gorgée d'alcool et de petits coups de poing rapides sur son sternum), mais nous sommes passés à la contre-attaque. »

Je haussai les sourcils. Sylvana déplaça ses pieds : ses orteils chauffés par le soleil entrèrent en contact avec les miens, contre lesquels ils s'installèrent paresseusement.

« Hydraméthylnone, dit Ugo, m'adressant un sourire pincé. Voilà ce qu'il vous faut. »

Sa femme fronça les sourcils. « Pas du tout. Le sulfluramide est plus efficace. »

Ugo haussa les épaules comme pour lui concéder un point. « Azadirachtine, pyréthrine, spinosad, méthoprène, il y a le choix. Ils sont tous efficaces…

— Au début », rectifia Sylvana.

Autre haussement d'épaules. Ugo écarta les mains et montra ses paumes dans un geste d'impuissance. « Elles s'adaptent, lâcha-t-il.

— Mais nous avons toujours un temps d'avance sur elles, déclara Sylvana. N'est-ce pas, chéri ? » Elle avait pris une intonation amère, accusatrice. « Hein, un temps d'avance ? »

Ugo se leva d'un mouvement impatient, sa peau claire témoignant d'une effusion rosée de coups de soleil sur les épaules jusqu'au gras de ses bras. « On fait un groupe de débat ou quoi ? s'exclama-t-il. Venez, mon ami, suivez-moi jusqu'à l'abri. Je vais vous donner un échantillon de chaque. Comme ça, vous pourrez décider par vous-même. »

Je me levai donc à mon tour, et mon regard tomba sur la brèche entre les seins de Sylvana, puis sur le long écoulement dénudé de son abdomen, qui, dois-je l'admettre, m'excita malgré moi.

« Venez donc, répéta Ugo. Je vais vous montrer ce que j'ai.

— Mais… et le bébé ? » Tout en sentant les démangeaisons monter de mes pieds aux chevilles, je laissai mon regard traîner d'Ugo à Sylvana et retour. « Notre bébé va se fourrer partout. Et pire : tout va se fourrer dans sa bouche.

— Ha, c'est ça, les bébés, dit Ugo. Mais ce produit est sans danger, vraiment. Même s'il… ou elle ?

— Il : c'est un garçon.

— Même s'il se fourre le nez dans la boîte, ça ne lui fera rien…

— Ha ! » s'exclama la femme, allongeant les jambes. Je vis les muscles de l'intérieur de ses cuisses se tendre jusqu'à l'infime triangle de tissu qui couvrait le mont où elles se rejoignaient.

« Et ça ne fera rien aux fourmis non plus. Rien surtout aux fourmis. »

Même un peu pompette après avoir absorbé de l'alcool sur un ventre creux, je n'eus aucun mal à sauter par-dessus la haie pour rentrer chez nous, chargé de grands sacs à provisions pleins de boîtes de diverses poudres insecticides que Ugo avait absolument voulu que je prenne, dont l'une portait une étiquette Fourmicide et un autre Anti-Fourmis. Lorsque j'allai annoncer à mon épouse ce que j'avais découvert, je m'aperçus qu'elle et le bébé s'étaient endormis, Anina allongée en travers du lit et l'enfant collé contre elle. Peut-être parce que mon jugement était un tantinet altéré par l'alcool, je répandis une bonne dose d'Anti-Fourmis à la base des murs extérieurs ; pour la bonne mesure, j'ajoutai le contenu d'une boîte de Fourmicide (composant actif : malathion – quoi que ce fût). Je ne vis pas de fourmis dans la maison mais je suppose que je ne regardai pas vraiment en profondeur, de crainte de ce que je pourrais découvrir. Je descendis à l'épicerie au bas de la colline.

C'était une boutique à l'ancienne, mal éclairée, que ses vieux murs maintenaient fraîche ; une forte odeur de viande et de fromage se dégageait des bacs réfrigérés – de provolone, surtout, avec son puissant arôme fumé. L'odeur était agréable et, avec mon panier dans les allées désertes, à choisir tel ou tel produit, je commençai à me sentir chez moi, comme si tout allait marcher comme prévu, comme si la solution à tous nos problèmes était à portée de main. Je choisis une bouteille de vin, trouvai le lait et le beurre dans le réfrigérateur et un saucisson sec pendu à un fil dans la vitrine. À quoi j'ajoutai du pain, du fromage, des olives, une boîte de cœurs d'artichaut. Une fois que j'eus terminé ma sélection, je portai mon panier à la caisse, derrière laquelle patientait une femme au tablier blanc maculé. Nous nous saluâmes et, tandis qu'elle enregistrait mes achats, au son de la caisse qui tintait à chaque article, je ne pus m'empêcher de lui demander si elle connaissait un produit efficace contre les fourmis. D'abord, je crus qu'elle ne m'avait pas entendu, mais elle finit par lever les yeux et par croiser mon regard avant de les rabaisser. « Signor, dit-elle dans un filet de voix, ici on ne parle pas de ces choses-là.

— On ne parle pas de ces choses-là ? répétai-je, incrédule. Que voulez-vous dire ? Je vois que vous avez plusieurs produits contre les fourmis, y compris Anti-Fourmis, et je voulais simplement vous demander si vous le trouviez efficace… si c'était le meilleur produit. Et s'il était sans danger. Est-il sûr ? »

Elle se contenta de hocher la tête, sans lever les yeux, continuant à envelopper mes achats. Ensuite, elle regarda furtivement vers ma gauche et je m'aperçus alors que nous n'étions pas seuls. Il y avait un homme à côté de moi ; entre deux âges, il portait une sorte d'uniforme, pantalon et chemise assortis ; sur une épaule de la chemise : un écusson en tissu. Ses cheveux longs et brillantinés étaient ramenés en arrière sous une casquette trop petite, d'une teinte qui rappelait celle de ses vêtements ; il m'adressa un sourire interrogateur. « Et vous êtes... ? » demanda-t-il, la voix semblable à un grondement allant crescendo.

Je me présentai et nous nous serrâmes la main.

« Ah, naturellement, bien sûr, dit-il. J'aurais dû m'en douter... Vous êtes le nouveau locataire de la maison Mauro. Je me trompe ?

— C'est exact, nous venons de nous installer... aujourd'hui, en fait. Et je... hum (je haussai les épaules pour signifier : ha, les antiques relations hommes-femmes !), mon épouse m'a envoyé acheter quelques bricoles. Pour notre premier repas dans la nouvelle maison. » Je haussai à nouveau les épaules, l'air de dire : vous savez comment elles sont.

« Je passerai demain à la première heure, dit-il. Six heures, ce ne sera pas trop tôt ? »

Je lui adressai un regard perplexe. « Désolé de vous poser la question, demandai-je, mais... qui êtes-vous, exactement ? »

Il se redressa et peut-être était-ce mon imagination, mais il me sembla qu'il claquait des talons comme s'il était prêt à passer à l'action. « Mille excuses, dit-il, sortant de sa poche de devant une carte qu'il me tendit. Aldo Baudino, annonça-t-il en s'inclinant. Je représente la Corporation de contrôle de la Fourmi argentine. »

J'aurais voulu l'interroger davantage – *un contrôle des fourmis ? À six heures du matin ?* – mais la femme derrière le comptoir faisait non de la tête en regardant vers la porte : elle essayait de m'avertir, de me faire comprendre quelque chose. Mais quoi ? Je la remerciai donc, payai, leur dis au revoir à tous les deux et sortis sans autre commentaire.

Au moment où, ayant passé le portail de la maison, j'allais remonter l'allée, je fus surpris par un cri qui me glaça les sangs. Je laissai tomber mes paquets et me mis à courir. À cet instant même, la porte s'ouvrit et Anina dévala les marches, le bébé serré contre sa poitrine, et je vis tout de suite de quoi il retournait : il était recouvert de la tête aux pieds de poudre anti-fourmis et il en avait une croûte verdâtre autour de la bouche : il avait dû ramper et lécher le carrelage. « Le docteur ! hurla Anina. Nous devons l'emmener chez le docteur tout de suite ! »

Mon cœur se mit à battre à tout rompre, j'étais horrifié et me sentais coupable. Ce que j'avais été idiot ! Qu'étaient les fourmis, une invasion de fourmis, de toutes les fourmis du monde, comparé à ça ? Mais où était le cabinet du médecin, et comment le trouver ? Nous n'avions pas de téléphone – ou plutôt, nous en avions un mais la liaison n'était pas encore établie. La seule idée qui me vint à la tête, c'était d'aller trouver les Reginaudo. Ils sauraient. Sans un mot (Anina dut penser que j'avais perdu la tête), j'obliquai vers la droite et enjambai la haie mitoyenne. Je m'étais attendu à les trouver encore assis, les pieds sur la table, sirotant leur Campari. Or ils avaient disparu. Des fourmis bouillonnèrent autour de mes pieds et je vis que tout un flot rapide et tourbillonnant se dirigeait vers chez nous, comme si la poudre les avait attirés plutôt que l'inverse. À nouveau, Anina cria. Puis je tapai à la porte des Reginaudo et regardai par la vitre en appelant au secours.

L'instant d'après, Ugo apparut, l'air agacé ou du moins perplexe – le terme est peut-être plus adapté. « Qu'est-ce qu'il y a ? demanda-t-il, tirant vers lui le pan supérieur de la porte fermière de sa cuisine. Qu'est-ce que c'est, ce barouf ?

— Le bébé ! » Je réussis à expliquer tant bien que mal. (Le mot eut du mal à sortir ; je remarquai en même temps qu'Ugo portait des bottes en caoutchouc et que le sol en béton de la cuisine était verni de plus d'un centimètre d'eau). Anina se retrouva à mon côté, bredouillant, affolée et montrant le bébé pour preuve. Tel est le tableau que nous présentions, tous quatre – plus les inévitables fourmis. De son côté, le bébé, apparemment calme, arborait un large sourire verdâtre et s'agrippait à sa mère sens dessus dessous comme si tout allait pour le mieux dans le meilleur des mondes où le poison anti-fourmis aurait été aussi inoffensif et irrésistible qu'un bonbon gélifié au citron vert. Ugo répudia notre inquiétude d'un revers de la main : « Ha, à ce que je vois, il a foncé droit sur le Fourmicide ! Ne vous faites pas de bile, ce n'est rien. Pas plus grave qu'un verre d'eau sucrée. »

Mon épouse le dévisagea, yeux – ses beaux yeux vert olive – si gonflés qu'ils donnaient l'impression d'être près d'éclater. « Que voulez-vous dire : ce n'est rien ? Vous ne voyez pas ? Il a mangé du poison pour fourmis ! »

Sylvana arriva alors, dans son deux-pièces qui ne cachait pas grand-chose, pataugeant pieds nus dans l'eau fourmillante. « Je vous l'ai dit, s'exclama-t-elle, c'est… inoffensif. »

Mais ma femme refusa de se laisser amadouer – tout comme moi, d'ailleurs, même si je tentais de trouver du sens à tout ça. Pourquoi quiconque mettrait-il sur le marché une poudre anti-fourmis inoffensive, à moins qu'elle n'ait été inoffensive que pour les humains mais fatale pour les insectes ? Toutefois, si c'était le cas, pourquoi y avait-il encore tant de fourmis ?

Finalement, appuyée au chambranle de la porte tandis que la colonne de fourmis descendait le mur pour rejoindre la phalange qui se dirigeait vers notre maison, Sylvana dit que, puisque nous insistions, elle allait appeler le médecin. « Mais il ne fera rien, croyez-moi. Il a déjà vu ça, des centaines de fois. Vous voulez mon avis ? Donnez à votre gamin une cuillerée ou deux d'huile d'olive pour lui faire tout recracher.

— Non, rétorqua ma femme, faisant énergiquement non de la tête (je me rendis compte alors – et c'était absurde ! – que je ne l'avais pas encore présentée). Il faut faire venir le docteur. »

Les Reginaudo échangèrent un regard et haussèrent les épaules, mais Ugo traversa la cuisine en pataugeant dans l'eau jusqu'à l'endroit où le téléphone était accroché au mur. Je me tournai vers ma femme, ignorant les bottes, le sol inondé et ce qu'ils impliquaient. « Anina, dis-je, je te présente notre voisine, Sylvana. Sylvana, voici mon épouse, Anina. »

Le bébé sourit et planta dans sa bouche son index vert.

« Ravie de vous rencontrer », dit Sylvana, tendant la main.

Le médecin vint à pied, trimbalant sa sacoche depuis le bourg en contrebas. C'était un homme allègre, les jambes arquées, d'un âge indéterminé mais probablement le double du mien, sinon plus. « Ah, vous devez être les nouveaux », s'exclama-t-il, poussant le portail tandis que je descendais l'allée pour aller à sa rencontre, suivi par Anina qui, très inquiète, serrait le bébé contre elle. « Et là, dit-il, chaussant une paire de lunettes et se penchant sur le bébé, ce doit être le patient. » Il ouvrit les bras, Anina lui tendit le bébé. Le médecin le souleva, avant de claquer la langue comme le font les médecins partout – y compris les spécialistes – et lâcha une lapalissade : « Je vois qu'il s'en est donné à cœur joie avec le Fourmicide, hein ? »

Anina n'en attendait pas plus. Elle donna libre cours à ses inquiétudes, en commençant par le moment où elle s'était réveillée, quand elle avait découvert que le bébé, étant descendu du lit, avait poussé la porte moustiquaire que quelqu'un avait négligemment laissée entrouverte (elle lança un regard noir à mon intention) ; elle enchaîna sur les problèmes médicaux que nous avions rencontrés avec l'enfant les six derniers mois et finit avec une longue et vaine coda sur notre descente dans le sud et notre surprise – ou choc, plutôt – en découvrant que la maison était infestée de fourmis.

Le médecin ne l'écoutait pas vraiment. Traînant les pieds, il tournait sur lui-même, levant le bébé à bout de bras, babillant, roucoulant, tandis que notre fils, enivré par l'attention dont il était le centre, retroussait les lèvres en un grand sourire verdâtre et hurlait sa joie. C'est alors que je m'aperçus que tous trois, nous tapotions inconsciemment les pieds en faisant du sur-place – unique attitude susceptible de décourager les fourmis accrochées à nos basques – et je perdis patience. « Mais le bébé ? demandai-je, essayant d'attirer l'attention du médecin qui continuait de roucouler en tournant sur lui-même. Est-ce qu'il va bien ?

— Oh, parfaitement, m'assura le médecin, rendant le bébé à Anina. Un peu de malathion n'a jamais fait de mal à personne. » Les oiseaux s'installaient alors dans les branches et le soleil baissait dans le ciel. Mon ventre gargouilla. La journée avait été longue et nous n'avions encore rien avalé. « Et toi, petite mère, dit le médecin, se concentrant sur Anina, ne lui donne rien d'autre que de la floraline pendant un jour ou deux, et examine bien ses couches. Si elles sont en quoi que ce soit verdâtres, vous devrez l'amener à mon cabinet ; sinon, oubliez cet épisode et considérez-vous bénis : notre petit bonhomme se porte comme un charme. » Après quoi, il se pencha pour faire des risettes au bébé. « N'est-ce pas, Tigre ?

— Mais n'allez-vous pas l'examiner ? » Ma femme, d'ordinaire si réservée avec les étrangers, était dans tous ses états. Elle avait quasiment attaqué les Reginaudo et voilà qu'elle s'en prenait au médecin – et tout cela le jour de notre arrivée !

Changeant de point d'appui en une sorte de tarentelle individuelle, le médecin se contenta de sourire. « Pas besoin, l'assura-t-il, pas besoin du tout », et il tournait déjà les talons. « Rappelez-vous, lança-t-il par-dessus son épaule, de la floraline… et inspectez bien ses couches. »

Furieuse et marmonnant – je l'entendis distinctement cracher le mot « charlatan » –, Anina tourna les talons à son tour, remonta l'allée en tapant des pieds et rentra dans la maison, assassinant des fourmis en chemin, alors que, de mon côté, je raccompagnais le médecin jusqu'au portail. « Et votre note ? » demandai-je en lui ouvrant la grille.

Il parut tout à coup se lancer dans une danse de Saint-Guy et frotta les jambes de son pantalon l'une contre l'autre. « On verra plus tard », répondit-il, souriant et se tortillant sous le soleil agonisant qui illuminait son visage aux rides profondes. « Je vous enverrai la note demain. » Lorsqu'il me tendit la main, je la pris. « Les spécialistes ! » lâcha-t-il, et, l'espace d'un instant, je crus qu'il allait cracher par terre, mais il se contenta de me serrer la main, vira de bord avec ses épaules osseuses et reprit le chemin du bourg, au bas de la pente.

C'est alors, juste au moment où je ramassais les sacs de provisions en papier, les débarrassant des fourmis avec des gestes quasi automatiques, rêvant du dîner et d'un verre de vin – d'un répit après tous les événements de la journée –, que j'entendis un « Pssst-pssst » venu de la haie qui nous séparait de notre voisin au sud. Me retournant, je vis un homme qui me faisait signe d'approcher depuis les ombres. Trapu, ventru, il avait une tête énorme et des yeux qui, paraissant absorber la lumière faiblissante du crépuscule, luisaient comme des lampes frontales.

On l'appelait « le Capitaine ». C'était un étranger, un Mexicain. Il avait été tueur à gages pour un gang de narcotrafiquants jusqu'à ce que, à un feu rouge, il reçoive trois balles dans l'abdomen et que sa femme, assise à côté de lui dans leur décapotable, soit tuée par une balle perdue, qui lui était destinée. Depuis, il s'était retiré des affaires (d'après les Reginaudo, qui m'avaient fourni ces détails et prévenu contre lui, convaincus que c'était un « extrémiste ») et ne sortait plus guère. Ce qui était, j'imagine, compréhensible.

J'enjambai la haie, lui adressai un « *Buona sera* ». Il ne me retourna pas ma salutation ; il ne s'embarrassa pas non plus de présentations. « Les Reginaudo… dit-il. Ne leur faites pas confiance. Elle, c'est une traînée… et lui ne vaut pas mieux. Tout ce qu'ils font, c'est répandre leurs poudres partout et baiser toute la sainte journée. »

Je haussai les sourcils, même si je n'étais pas sûr qu'il puisse voir mon expression dans la lumière déclinante. Je n'étais pas particulièrement content – je n'avais pas envie de l'écouter critiquer mes voisins ou d'être pris dans un jeu où chacun montait les uns contre les autres, sans compter que les fourmis, cela va de soi, m'avaient localisé, avec mes sacs de provisions à la main – mais je fus poli, extrêmement poli. Du moins c'est ce qu'Anina prétendit plus tard.

« Vous voulez savoir comment régler son compte à ce fléau ? Hein ? Je veux dire, *vraiment* leur régler leur compte, la solution finale et pas tourner autour du pot ? Venez, enjambez la haie et je vais vous montrer. »

Le Capitaine n'utilisait ni poudres ni vaporisateurs. Il employait des pièges de son invention : des fils garnis d'appâts suspendus au-dessus de boîtes de café pleines d'essence, dans lesquelles, affolées, les fourmis tombaient individuellement ou par douzaines ; il confectionnait aussi des circuits électriques programmés pour donner toutes les trente secondes une violente décharge à une tête de poisson pourrie ou à un morceau de viande puante. Je n'avais d'autre envie que de rentrer chez moi, mettre les pieds sous la table et concocter mon propre système pour éloigner les fourmis de la chambre pendant notre première nuit. Mais, alors que j'étais tellement vanné que j'avais du mal à comprendre l'accent vertigineux du Capitaine, pendant une demi-heure je dus le suivre patiemment et me forcer à faire des petits bruits d'approbation face à telle ou telle de ses inventions.

« C'est la fourmi argentine, déclara-t-il à un moment donné, et je ne sais pas si vous comprenez ce que cela signifie. Ce sont des envahisseuses – il marqua une pause pour m'adresser un sourire de requin. Comme moi. Mais elles viennent du vrai sud, de l'Amérique du Sud, de la jungle où, vingt-quatre heures sur vingt-quatre, on ne fait pas de quartier, histoire d'avoir au moins le temps de prier pour avoir une chance de rester en vie. Elles ont éliminé les fourmis du cru partout où elles ont débarqué, elles les ont détruites, dévorées. Vous savez ce à quoi elles ressemblent ? »

Je fis non de la tête.

« Aux cellules de votre corps. Chaque fourmi est une cellule mais elles travaillent toutes ensemble, elles deviennent un seul organisme, un organisme vivant, et la reine est le cerveau de toute l'affaire. Ma méthode, c'est de l'affamer en lui retirant ses ouvrières une à une, comme on découpe un cadavre, un membre après l'autre. » S'ensuivit un silence rompu seulement par des claquements électriques et le léger sifflement des fourmis qui tombaient dans les boîtes d'essence. « Tenez, dit-il, en désignant l'un de ses pièges suspendus, prenez autant de ces trucs que vous voulez… c'est votre seul espoir. »

Le lendemain matin, aux premières lueurs, après avoir passé une nuit de quasi-insomnie à me battre contre les fourmis (finissant par encercler le lit avec une barrière fragile de poudre verte, en dépit de nos craintes pour le bébé), je fus réveillé par un bruit dans le jardin. Je me levai, mis mes pantoufles et allai me rendre compte par moi-même, écrasant des fourmis sous mes semelles dans la chambre, la cuisine et jusqu'à la porte arrière. Je découvris là une silhouette penchée contre le mur de la maison. Je n'étais pas aussi réveillé que je l'aurais aimé, mais il ne me fallut qu'un instant pour l'identifier : la casquette trop petite d'une taille, les cheveux brillantinés, ramenés en arrière, l'écusson d'épaule : c'était le type du Contrôle des fourmis, venu à l'aube comme il l'avait promis – ou plutôt comme il m'en avait menacé. « Bonjour », dis-je, irrité et soulagé à la fois : c'était une intrusion, mais une intrusion prometteuse.

Il ne leva pas les yeux. « Vous avez un problème », dit-il. Sa voix grondait comme une secousse souterraine.

« Un problème ? rétorquai-je. N'est-ce pas une lapalissade ? Tous autant que nous sommes, n'avons-nous pas *un problème* ? Ma question, c'est : qu'avez-vous l'intention de faire pour le régler ? » Agenouillé, travaillant le sol à l'aide d'une truelle, il se retourna et m'adressa un sourire sardonique, comme pour concéder le point. « Mon intention, dit-il, parlant doucement, d'une voix comme un carillon retentissant et enfiévré, c'est d'éliminer ce problème. Venez. Regardez ici. »

Je me baissai plus bas.

« Vous voyez ça ? » Je vis qu'il avait posé une soucoupe en terre cuite dans un cratère qu'il avait creusé à la jonction de la terre du jardin et du mur de la maison. Dans les profondeurs de la soucoupe reposait une substance épaisse, ambre, qui luisait à la lumière du matin tel un cadeau de prix. « C'est ma formule spéciale… du miel, oui, mais avec un insecticide si rapide et fatal que vous serez débarrassé de ces bestioles en une semaine. Je vous le garantis.

— Mais le bébé ? Est-ce qu'il ne va pas… ? »

Le type du Contrôle des fourmis donna un coup de glotte. « C'est pour les fourmis, pas pour les bébés, déclara-t-il. Si vous avez si peur, pourquoi ne gardez-vous pas votre enfant à l'intérieur… vous pourriez faire ça, non ? Vous ne trouvez pas que ça vaut la peine d'essayer, compte tenu de l'alternative ? Réveillez-vous ! On vit sur la planète Terre… et elle a ses termes et conditions comme tout le monde.

— Oui, mais…

— Oui, mais *rien du tout*. Faites ce que je dis, c'est tout. Et ces pièges que le Capitaine vous a donnés ! » Il fit un geste obscène en direction de ceux-ci, que j'avais éparpillés dans le jardin la veille. « Vous ne savez pas que l'essence est fatale pour les bébés ? Hein ? Vous ne réfléchissez donc jamais ? » Se levant, il m'adressa un regard hostile. « Bande d'amateurs ! s'exclama-t-il, avec un mouvement vif du menton pour désigner la maison du Capitaine, puis celle des Reginaudo. Croyez-vous vraiment qu'éliminer quelques milliers d'ouvrières aura le moindre effet ? Non, il faut la reine, on doit amener les ouvrières à lui apporter cet appât incomparable, à le lui faire ingurgiter, pour qu'elle se lamente et flétrisse, se dessèche et que toute la horde nauséabonde se désagrège. Vous êtes mathématicien, non ? C'est ce que j'ai entendu dire, en tout cas… »

J'acquiesçai d'un signe de tête.

Il me regarda d'un air caustique, avant de recommencer à hocher la sienne, comme si nous étions tombés d'accord. « Faites vos comptes », dit-il, et il se pencha pour installer la soucoupe suivante.

Une semaine passa. Plusieurs fois pendant cette semaine-là, aux heures les plus inattendues – au lever du soleil, à minuit –, le signor Baudino vint remplir les soucoupes, silhouette furtive bientôt aussi agaçante que les fourmis, dont le nombre, malgré ses promesses, parut s'accroître encore. Nous dormions peu, même si j'avais fini par poser les pieds du lit dans des boîtes de conserve vidées de leur contenu et emplies d'eau, ce qui nous soulageait quelque peu, même si Anina et moi n'arrêtions pas de tourner et virer dans les draps, rêvant inévitablement que des nuées de fourmis nous avaient submergés et rongés jusqu'à l'os. Pour le bébé, même ses heures de veille étaient un cauchemar : les fourmis fondaient sur lui dès que nous le sortions de son berceau. Quand je me remémore cette période, je le revois se grattant, sa maladie désormais compliquée par le brouillage des limites entre réel et imaginaire, si bien qu'il n'était sans doute jamais certain de ce qu'il éprouvait, sinon un perpétuel tourment physique. Quant à moi, je me sentais impuissant, incapable de le consoler. Je revois Anina, aussi, plus renfrognée de jour en jour, agressive et prompte à me rendre responsable de tous nos maux, comme si j'avais pu exercer le moindre contrôle sur ces nuisibles chez nous. Les Reginaudo vinrent nous trouver avec d'autres avis sur la question et de nouvelles poudres, de nouveaux vaporisateurs ; de son côté, sans qu'on lui ait rien demandé, le Capitaine se faufila dans notre jardin deux fois pour installer des pièges à essence. Pour ma part, aussi troublé que ma femme et mon bébé, je tentais vaillamment de poursuivre mon travail sur une table dont les pieds reposaient dans des boîtes de conserve emplies d'eau ; je ne grattais mes équations sur le papier que pour les imaginer se dissolvant en colonnes de fourmis aussi surnaturelles que celles qui rampaient dans mes cauchemars.

Au bout d'une semaine, un lundi, Anina vint se planter devant mon bureau, le bébé serré dans ses bras. « C'est de l'arnaque », lâcha-t-elle, contrôlant encore tout juste sa voix mais sur le point de craquer.

Levant les yeux vers elle, je notai au passage une caravane de fourmis qui descendaient le mur le plus proche – ou plutôt, non : elles l'escaladaient. Ou plutôt non : elles le descendaient. Bref, elles le descendaient et l'escaladaient à la fois. Anina m'avait extirpé d'un univers parallèle, j'étais perdu dans ma concentration, et voilà que je me retrouvais en pleine réalité. « Qu'est-ce qui est une arnaque ?

— Le bail. La vieille. » Elle cracha le nom de la signora Mauro comme un glaire. « Elle ne nous a jamais parlé des fourmis… et les fourmis remettent en cause ce bail, il est frauduleux, il repose sur des faux-semblants. Ce n'est pas le paradis ici, c'est l'enfer, et tu le sais ! »

Elle m'admonestait, ce que je ne méritais pas et ce dont je n'avais absolument pas besoin. J'allais rétorquer *Tu ne vois pas que je travaille ?* lorsque, d'un coup, m'apparut toute la vérité de son propos. Elle avait raison. Les faux-semblants ne tenaient plus. Je répondis : « Prends ton sac à main. »

Elle me lança un regard noir. Le bébé, tordant la bouche, se mit à pleurer.

« Descendons trouver la signora Mauro chez elle. Et exigeons une explication. »

La maison de la propriétaire, à laquelle nous n'avions prêté aucune attention le jour de notre arrivée, était une longue bâtisse de plain-pied mais aux multiples ramifications, entourée par un complexe réseau de grilles qui devait remonter à la Renaissance. Elle se trouvait dans le beau quartier du bourg, au milieu de belles villas, d'une végétation luxuriante, baignant dans un air si frais qu'on l'aurait dit créé d'hier. Après avoir poussé le portail d'un geste furibond, ma femme remonta l'allée à grandes enjambées jusqu'à la porte d'entrée, où, de la pointe de l'index, elle donna des coups vengeurs à la sonnette. Un moment s'écoula. Nous étions tous deux comme encadrés par un treillage taillé en forme d'ange en assomption, et le bébé pour une fois se tenait tranquille dans les bras de ma femme. Celle-ci prit une inspiration féroce. Puis elle appuya à nouveau sur la sonnette mais, cette fois, sans lâcher le bouton, de sorte que la sonnerie retentit sans discontinuer. En fin de compte, la lourde porte en chêne s'entrouvrit légèrement et une domestique de la taille d'une écolière apparut juste derrière et nous regarda bouche bée. « Nous sommes venus voir la signora », expliquai-je.

Le visage de la domestique ressemblait à une tranche de fontine. Ses yeux étaient des trous fermentés. « La signora, déclara-t-elle, ne reçoit pas aujourd'hui.

— Oh que si, elle va nous recevoir », riposta ma femme, poussant la porte et avançant dans le hall d'entrée. Je suivis dans son sillage.

Nous nous retrouvâmes dans une salle sombre et parcourue d'échos ; la seule lumière provenait d'une série de rectangles à peine dessinés : les marges des persiennes tirées. Le mobilier se profilait dans l'obscurité. Tout sentait la poussière et l'abandon. Jusque-là, j'avais été entraîné par la rage de ma femme mais, à ce moment-là, dans l'obscurité d'une demeure inconnue – une demeure dont nous avions forcé la porte, intrus –, je me mis à douter. Contrairement à Anina. Qui, levant la voix, cria : « Signora ! Signora Mauro ! Nous sommes venus vous voir… nous *exigeons* de vous voir. Immédiatement ! »

Nous entendîmes du mouvement dans un recoin du vestibule, comme si les ombres se reconstituaient. Puis l'éclat d'une flamme : on allumait une bougie. Soudain, la signora Mauro se dressa devant nous, dans une robe terne de veuve. « Qui êtes-vous ? demanda-t-elle, plissant les yeux à la lueur de la bougie.

— Nous sommes venus vous parler du bail, dis-je.

— C'est une arnaque, ajouta Anina, levant la voix. Les conditions… », commença-t-elle, mais elle fut incapable de poursuivre.

« Les bestioles, expliquai-je. La maison est infestée et vous n'avez rien signalé. »

Nous parvint alors la voix de la signora Mauro, voix de menteuse diffusée dans la fréquence éraillée des menteuses invétérées : « Je ne vois pas de quoi vous voulez parler.

— Des fourmis, répliqua ma femme. Des fourmis. » À la mention de ses ennemies jurées, alors qu'il ne pouvait guère comprendre le terme, le bébé se mit à se tortiller et à pousser de petits cris.

« Il suffit de bien faire le ménage, rétorqua la signora Mauro. Qu'imaginez-vous ? Avec vos façons de vivre dégoûtantes ! J'ai bien envie de doubler votre loyer pour dégradation de mon bien. Et ne croyez pas que je ne sois pas au courant… » De mon côté, je voyais bien qu'elle gigotait discrètement, se grattait furtivement, se frottait une jambe contre l'autre, se tapotait les hanches, le ventre.

Je lui rendis la monnaie de sa pièce : « Et vous ? Qu'est-ce qui vous met à l'abri du fléau ?

— Moi ? Ma maison est bien tenue. Scrupuleusement bien tenue. Je n'ai pas de nuisibles ici. » Je vis qu'elle était à nouveau parcourue de mouvements convulsifs, même si elle essayait de le cacher.

« Mais si. Je le sais.

— Absolument pas.

— Nous souhaitons dénoncer ce contrat, dit Anina. Nous l'exigeons. »

La signora garda le silence un moment. J'entendais sa respiration – une suite d'inspirations et d'expirations rauques et poussives. « Dénoncez tout ce que vous voudrez, je vous traînerai devant le tribunal… et vous ne reverrez jamais la couleur de votre caution, je vous le garantis.

— C'est nous qui vous y traînerons », répondis-je, me surprenant moi-même. J'avançai vers elle. Qu'allais-je faire ? La frapper ? Je savais que je bluffais. Elle jouissait d'une certaine position sociale, elle avait le pouvoir, elle avait en poche le loyer de nos premier et dernier mois, alors que, de notre côté, si nous quittions la maison sur le promontoire, nous n'aurions même plus de toit sur nos têtes.

« Ne vous en privez pas », rétorqua-t-elle, sa voix montant d'une octave. Elle s'agita et tapa des pieds sur le tapis, qui dut soudain venir à la vie myrmicéenne dans l'obscurité. « J'aimerais voir ça. Ah oui ! »

L'instant d'après, de rage et de douleur, Anina, ma douce Anina, se métamorphosa en un être méconnaissable : me poussant rudement de côté, elle sortit comme une furie. Elle referma la porte monumentale derrière elle avec une hargne telle que toute la maison parut trembler sur ses fondations. Anina m'abandonna dans les ténèbres, tandis que je me précipitais maladroitement à sa suite, après avoir souhaité hâtivement un bon après-midi à la vieille. Une fois dans la rue, je regardai à droite et à gauche, craignant ce qu'Anina pourrait faire. Je ne l'avais jamais vue ainsi : la violence avait jailli d'elle comme la lave d'un volcan. Je craignis pour elle et je craignis pour mon bébé. Il y avait foule dans la rue parcourue de long en large par des piétons et des véhicules ; d'abord, je ne vis pas Anina au milieu de ce spectacle changeant et chaotique mais, en fin de compte, je distinguai l'inimitable rotation de ses hanches au moment où elle obliquait dans une ruelle un peu plus loin à gauche. Je courus pour la rattraper.

Quand je m'engageai dans la même ruelle, elle avait déjà atteint la suivante, qui descendait à droite vers le quartier des pêcheurs ; ceux-ci vivaient dans d'antiques maisons de pierre près d'une station-service et de bâtisses menaçant ruine, où l'on avait jadis mis en boîte les sardines – qui s'étaient raréfiées au fil des ans. « Anina, que fais-tu ? » criai-je, mais elle m'ignora, épaules affaissées par le fardeau du bébé dans ses bras, jambes véloces moulées dans son blue jean délavé. Lorsque, enfin, je parvins à la rejoindre, je la suppliai : « Rentrons à la maison et parlons de tout ça, il doit bien y avoir une solution, calme-toi, je t'en prie, sinon pour moi, du moins pour le bien du bébé. » Mais elle ne ralentit pas, bouche close réduite à un trait fin et inflexible par ses mâchoires furieusement serrées.

Nous descendîmes une autre rue, puis encore une autre, jusqu'à ce que je comprenne enfin où elle allait : un entrepôt à deux pas de l'océan, un bloc de béton et de tôles ondulées qui avait connu des jours meilleurs. Je la suivais dans l'allée jusqu'à la porte d'entrée, plaidant encore, lorsque j'avisai la pancarte aux lettres manuscrites au-dessus du linteau – Corporation de Contrôle des fourmis argentines – et, en même temps, je remarquai la puanteur qui régnait là. Et les fourmis. L'odeur était celle de la pourriture, de têtes de poissons avariés et de tas d'abats que le Capitaine aurait pu utiliser comme appâts. Les fourmis grouillaient tant sur les murs qu'il devait bien y en avoir quinze centimètres d'épaisseur. Anina essaya d'ouvrir la porte – cadenassée – avant de taper sur les panneaux en métal, délogeant de grosses bandes d'insectes qui se détachaient comme de la peau. « Sortez de là, fils de pute ! hurla-t-elle. Je sais que vous êtes là ! »

J'agrippai ma femme par le bras, la secouai, et le bébé fut de la partie, bramant à s'étouffer. « Que fais-tu ? » demandai-je.

Elle avait les larmes aux yeux. Le bébé brailla. « C'est vrai, ce que les gens racontent. Tu ne comprends pas ? Il prétend travailler pour le gouvernement, ce type du Contrôle des fourmis, mais, en fait, il les élève. Ne vois-tu pas ?

— Non, franchement, je ne vois pas. Pourquoi ferait-il ça ? »

Elle m'adressa un regard où se mêlaient mépris et pitié, un regard adressé à un crétin incapable de saisir les réalités de l'existence. « Si les fourmis sont éliminées, il perd son job. C'est clair comme le jour. Il ne les piège pas, il les *nourrit* ! »

Bien sûr, c'était impossible. Je n'avais aucun doute là-dessus. Et je comprenais aussi que, à notre corps défendant, nous avions dévié de notre chemin, nous étions désorientés et en désaccord. Tout ça pour quoi ? Pour des fourmis ? Je continuai de tenir fermement Anina par le coude. Quand l'idée me vint, je lui fis faire volte-face. Le bébé geignait encore dans ses bras. Je la guidai. Nous descendîmes la rue jusqu'à l'endroit où l'océan se brisait en rythme sur la plage. Nous parcourûmes les rochers jusqu'au sable délavé de la grève, où je la tins un bon moment serrée contre moi. Le bébé se calma, inspiré par la décélération de son petit cœur, et le soleil fit du bien à nos visages levés vers le ciel.

C'est à ce moment-là que la solution à la conjecture de Hodge m'apparut ou, du moins, que j'en eus une vague intuition, dont le développement, bien entendu, requerrait stylo et papier ; mais l'intuition était bien là, telle une étincelle lumineuse qui aurait tout éclairci dans mon esprit. Certes, ce n'était qu'une abstraction, mais qu'y avait-il de plus pur que les mathématiques ? Elles étaient affaire de logique, de progression, de contrôle. Les fourmis n'étaient rien face à ça. Nous pouvions apprendre à vivre avec elles. C'est ce que nous ferions. Prenant une profonde inspiration, je contemplai le large, Anina et le bébé serrés contre moi. Les vagues se brisaient sur la grève, refluaient puis venaient à nouveau éclater là : force antédiluvienne dont les assauts sur le rivage réduisaient à rien jusqu'aux pierres les plus dures, les muant en des grains qui n'étaient qu'une fraction de la taille d'une fourmi, tous inertes sur les fonds marins qui s'étendaient, immaculés et austères, jusqu'à l'infini.

Surtsey

Il n'arrivait à se concentrer que sur l'écopage, un seau après l'autre, comme si la maison dans laquelle il avait vécu toute sa vie était un bateau en pleine mer. La porte d'entrée était protégée par des sacs de sable, des deux côtés, mais les vagues qui continuaient d'inonder le jardin avaient déjà atteint la hauteur du siège de la balançoire sur laquelle il montait enfant – et rien n'aurait pu les arrêter. Ses efforts étaient vains : car où était-il censé verser l'eau ? Il avait ouvert la fenêtre et la jetait dehors mais, dans la mesure où le jardin se confondait désormais avec la lagune, seul un apprenti sorcier – sinon le sorcier en personne – aurait pu endiguer la montée des eaux. Chaque seau qu'il versait ne faisait qu'augmenter le volume d'eau autour du chambranle. Son père se démenait avec la serpillière et sa sœur, Corinne, écopait aussi, mais tous deux se trouvaient dans la même impasse que lui, ils versaient l'eau par la fenêtre comme s'ils s'étaient crus au sommet d'une montagne, sans compter que la bise en faisait rentrer la moitié à l'intérieur. Quant à sa mère, elle se comportait à son habitude en temps de crise : comme quand le tuyau du poêle, en surchauffe, avait fait un trou dans la toiture, et que, pendant deux semaines, il avait fait aussi froid à l'intérieur que dehors ; ou lorsque son père avait eu un accident avec son véhicule tout-terrain et s'était fracturé la clavicule en deux endroits. La tactique de sa mère consistait toujours à se coucher et à lire un livre.

C'est au lit qu'elle se trouvait quand la marée de tempête avait démarré. La maison avait beau être perchée sur des pilotis de 1,25 mètre, ça ne leur était d'aucune utilité, dans la mesure où cette marée de tempête s'ajoutait à la grande marée, soleil aligné avec la lune pour l'équinoxe d'automne, et où, comble de malchance, il s'était en plus levé une tempête de premier ordre. A.J. n'aimait pas voir sa mère couchée alors que l'eau se propageait sur le plancher par vaguelettes et que, imbibé d'eau, le bois des pieds de lit noircissait. Cela dit, c'était tout elle : « advienne que pourra, personne ne pouvait rien y faire ». Quant à essayer de lui faire entendre raison… Lui expliquer qu'ils devaient écoper, éponger et sauver ce qui pouvait l'être, empiler leurs objets les plus précieux sur ceux qui l'étaient moins et ceux-ci sur ce qu'on pouvait bazarder, jusqu'à ce qu'ils n'aient plus d'autre issue que d'aller se réfugier au collège, construit sur le point culminant de l'île à 2,50 mètres au-dessus du niveau de la mer – ce n'était pas l'Éverest mais c'était toujours mieux que là où ils se trouvaient… Sa mère se contenterait de dire : « Nous avons tout notre temps. » Et : « De quoi ai-je l'air, Noah ? »

Il fit son possible, vrai de vrai. Tout le monde savait ce qui allait se passer, car ce n'était pas la première fois. Le prof de sciences, Mr. Adams, leur avait présenté le truc sur le réchauffement climatique comme si ç'avait été l'Évangile ou Dieu sait quoi, personne ne le discutait plus : la banquette côtière qui protégeait encore l'île il n'y a pas si longtemps se formait plus tard dans la saison et fondait plus tôt, le niveau des océans montait partout sur la planète, le dioxyde de carbone s'accumulait dans l'atmosphère, l'albédo diminuait, la glace disparaissait et tout le reste. La veille, ils avaient vu une éclipse, et ç'avait été un indice révélateur : le soleil et la lune alignés tiraient dans la même direction, partenaires dans une lutte acharnée contre la terre. Il avait fourré ses meilleurs habits dans un sac à dos avec ses jeux vidéo et son trophée de basketball, et il s'était tenu prêt à être évacué au collège. Son père – qui était un génie, vraiment – avait eu l'idée de fixer des crochets aux poutres pour pouvoir surélever d'une cinquantaine de centimètres son lit et celui de Corinne. Quant à celui de leurs parents, comme il était trop lourd, ils avaient glissé des parpaings sous les pieds et s'en étaient remis au destin. Bien sûr, à seize ans, forcément, il était plein de sève et d'espoir, et il pensait que s'ils continuaient d'écoper, tout se passerait bien : ils pourraient vivre avec quelques centimètres d'eau dans la maison, aucun problème... la tempête s'arrêterait et l'eau refluerait, comme toujours. Mais non – cette fois, c'était différent, c'étaient les grandes marées, et sa mère restait au lit, plongée dans son roman tandis que le bord de sa couverture, celle qui glissait de son lit sans qu'elle semble même le remarquer, noircissait là où elle s'imbibait d'eau comme une éponge. Et lui-même ne savait que faire, sinon écoper.

Quand, ayant choisi de renoncer, ils avaient décidé de se réfugier au collège, ils savaient que la plupart des gens du village s'y trouvaient déjà. Désormais, la seule façon de s'y rendre, c'était en canot, or le moteur refusa de démarrer. Son père dut ramer. Sa mère s'assit à l'arrière, à la poupe, mais elle était trop lourde : à l'avant, où Corinne et lui tentaient de faire contrepoids, on se serait cru sur un tape-cul. Sa mère était la femme la plus lourde de l'île, elle était grasse, « obèse », à vrai dire, même s'il n'aimait pas penser à elle de cette façon, pas plus qu'il n'aimait employer cet adjectif. Elle-même préférait dire qu'elle avait les os lourds, rien de plus, et elle riait en le disant. N'empêche, appelez ça comme vous voudrez – et au collège, ses camarades ne se privaient pas de le taquiner sur le sujet, comme si eux, ou leurs mères d'ailleurs, valaient mieux qu'elle –, rien que pour la hisser dans le canot, ce fut toute une affaire. L'eau arrivait au niveau de la véranda et bouillonnait à travers les lattes du plancher, les vagues léchaient les fenêtres, envoyaient des jets d'écume jusqu'au toit, mais Corinne l'avait aidée à enfiler ses bottes, son ciré et, ensemble, sa sœur et lui l'avaient emmenée dans le couloir jusqu'au porche, tandis que son père essayait de maintenir le plus possible le canot en équilibre. Lui-même aurait pu aller au collège à pied. De l'eau jusqu'à la taille, le vent hurleur qui aurait fait claquer la capuche de sa parka ? Aucun problème ! Le collège n'était qu'à deux ou trois cents mètres à l'autre bout du village. Mais son père avait besoin de lui comme balancier. Ils n'emportèrent pas grand-chose car ils ne pensaient pas devoir s'absenter plus d'une nuit ; ils n'avaient donc pris que deux sacs poubelle noirs pleins d'affaires d'urgence : lampes de poche, sacs de couchage, céréales, sous-vêtements, chaussettes, les chemises de nuit de sa mère grandes comme les tentes militaires dans les films, et une brassée de ses livres, aussi. La maison, si elle n'était pas dévastée par la tempête, puerait jusqu'à l'été, elle puerait le moisi : la perspective le déprimait – il n'avait vraiment pas envie d'aller ailleurs, et encore moins de retourner au collège. Cela dit, quand, ayant enfin résolu de partir, ils avaient fini par monter les marches et ouvrir la porte de l'établissement scolaire, tout le monde s'y trouvait donc déjà, et on se serait cru en vacances.

En premier, à « l'ordre du jour » (la formule que Mr. Adams employait après l'appel tous les matins), ils devraient persuader sa mère d'ôter ses vêtements mouillés et de passer quelque chose de chaud, l'envelopper de couvertures, des couvertures de rechange. Quelqu'un avait-il des couvertures de rechange ? Le problème, c'était que, juste au moment où ils avaient mis pied à terre sur la grève (qui encore l'après-midi de la veille était le terrain de sport), juste au moment où, soutenue par ses deux enfants, sa mère était descendue du canot, une vague était arrivée sans crier gare, le canot était parti de l'avant, l'avait déséquilibrée, et elle était tombée : une mauvaise chute. Il ne faisait pas vraiment froid, dans les 5°, mais l'eau était toujours glacée et, même si on y était habitué (ce qui n'était pas le cas de sa mère), on n'avait aucune envie de patauger dedans jusqu'au cou. En pleine tempête. Avec ces rafales de 100 km/h, sans doute venues de Sibérie, qui balayaient la péninsule Tchouktche. Ce n'était rigolo pour personne, et lui-même, trempé jusqu'à l'entrejambe, frissonnait. Une fois à l'intérieur, il avait dû faire le tour des villageois pour voir s'il pourrait emprunter une ou deux couvertures parce qu'ils étaient trempés, ou mouillés en tout cas, et sa mère n'entrait pas dans les sacs de couchage. Et non, il n'était pas un de ces gamins qui avaient honte de ses parents, il valait mieux que ça, mais les gens n'en plaisantaient pas moins et ça l'aurait affecté si la situation n'avait pas été si extraordinaire, genre : Noël, match de basket et séance mensuelle de cinéma communautaire tout à la fois.

Corinne emmena leur mère dans le vestiaire des filles pour l'aider à ôter ses vêtements mouillés, tandis que son père et lui se rendaient au gymnase, où les gens avaient déjà choisi les meilleures places, déroulé leurs sacs de couchage et éparpillé leurs effets autour d'eux comme s'ils étaient tombés du plafond, radios jouant tout bas, froissements de paquets de chips et de crackers… Les hommes, accroupis en groupe, parlaient à voix basse en buvant du café dans des mugs tachés. Ils fumaient. Tout le monde fumait : on aurait dit qu'ils faisaient sécher des inconnus, sauf que l'odeur était totalement différente, pas appétissante, loin de là.

Il n'avait pas faim, ou pas encore, alors qu'il devait avoir brûlé dix mille calories à écoper et s'activer chez eux ; il décida donc de faire le tour des lieux, pas seulement du gymnase mais également des salles de classe, en quête de ses amis. Il se demandait où se trouvait Cherry, si ses parents avaient décidé de venir ou d'attendre chez eux (comme leur maison avait deux niveaux, toute la famille pouvait se réfugier à l'étage). Son père, Mr. Pollard, était l'un des quatre professeurs blancs du collège, avec Mrs. Cato, Mr. Nordstrom et Miss Rumery, qui s'occupait de la classe élémentaire. S'il n'y connaissait pas grand-chose à la chasse et même à la pêche, Mr. Pollard était un caïd en sciences et en maths, et c'était sans doute aussi la personne la plus intelligente de l'île : de ce fait, il s'y entendait cent fois mieux que tous les autres en matière de mesures d'urgence, puisque tous les autres étaient comme sa mère, dans leurs veines coulait le sang de générations de « qui vivra verra ». Cherry n'était donc peut-être pas là, voilà ce qu'il pensait, et une fois de plus il céda à la morosité. Mais, quand une vague heurta de plein fouet la fenêtre de la salle de classe de Mrs. Koonook, ce qu'on aurait cru inimaginable, et quand le vent leva la voix jusqu'à être la seule chose audible, il sut que, sans l'ombre d'un doute, elle devait être quelque part dans le bâtiment.

Jimmy Norton lui dit qu'il pensait l'avoir vue entrer dans la bibliothèque, et elle y était en effet, tout au fond, alors qu'il avait déjà regardé deux fois. Avec sa cousine à lui, sa cousine Charlotte Swan, et l'autre A.J., celui dont la vue lui retournait les boyaux. Primo, l'autre A.J. n'avait pas de nom à proprement parler : seulement des initiales (lui-même s'appelait Arthur James, comme son père). Et puis, cet A.J.-là, qui n'était à McQueen que depuis six mois, était noir, afro-américain, quelque nom qu'on voulût donner à sa différence : ça le rendait instantanément spécial car il était le seul de tout le district scolaire du North-West Arctic, mais ça lui conférait en plus une aura de pro du basket alors qu'il aurait été incapable de faire un panier à trois points même si ça avait été une question de vie ou de mort. Ensuite, son père était un dingue venu sur l'île pour retourner à l'état de nature, pêcher des poissons-castors, tuer des bélougas et des caribous, et vivre de la terre, sauf qu'il ne faisait rien de tout ça : il vivait avec sa pension de l'armée et buvait toute la journée dans sa cabane, alors que l'alcool était interdit au village. Pour finir, et c'était le pire : cet A.J. en pinçait pour Cherry ou, du moins, il lui faisait du gringue, alors que Cherry était *sa* copine. Point final. Et que personne ne prétende le contraire !

Il alla vers eux, faisant comme si ça lui était égal, de les voir assis ensemble. « Salut », dit-il. Et juste à ce moment-là, les lumières se mirent à clignoter. L'autre A.J. roula les yeux et fit un geste en direction du plafond : « Il ne manquait plus que ça ! » s'exclama-t-il. Cherry répondit par un « Salut », se déplaça d'une chaise et dit tout bas : « On t'a gardé une place.

— C'est fou, hein ? répondit-il. Je veux dire… l'an dernier, c'était mauvais… mais tu n'étais pas encore arrivé, n'est-ce pas ? demanda-t-il à l'autre A.J. en le regardant droit dans les yeux. Tu te rappelles, Cherry ? On croyait que ces gabions allaient tenir mais ils avaient volé en éclats… genre… dès la première heure !

— Mais aujourd'hui, c'est pire, dit Cherry.

— Ouais », dit Charlotte. Sa cousine était-elle maquillée ? Elle ne se maquillait jamais, parce que sa mère le lui interdisait, or voilà qu'elle s'était maquillée le soir où ils allaient peut-être tous devoir être évacués de l'île. « Ils disent que c'est une grande marée, expliqua-t-elle.

— C'est quoi, un gabion ? » demanda l'autre A.J., mais les autres l'ignorèrent.

C'était idiot, comme idée, ces gabions, ces structures en grillage comme des énormes pièges à crabes doublés d'une toile blanche et emplis de terre, comme s'ils pouvaient résister à une mer aussi démontée que celle-là ! Maintenant, mais au prix, disait son père, de plus d'un million de dollars, ils avaient une digue en rochers construite par le Corps des ingénieurs de l'armée, auquel avait appartenu le père de l'autre A.J.

Les lumières s'éteignirent alors, brusque passage de voir à ne plus voir, des trois dimensions à aucune, et ils ne purent plus qu'entendre : le vent et les aboiements des chiens, tous les chiens de l'île qui, dehors dans le froid, mouillés, furieux, se battaient entre eux dans le trou obscur entre les pilotis du bâtiment. Il se tut, même si Charlotte poussa un petit cri et que l'autre A.J. dit « Putain », avant de répéter : « Il ne manquait plus que ça, merde ! » Dans le noir, il se contenta de prendre la main de Cherry, sa main qu'il connaissait aussi bien que la sienne – mieux – parce qu'il l'avait tenue tout au long d'infinies journées ensoleillées puis dans le tunnel sombre de l'hiver qui noircissait de plus en plus à chaque jour qui passait. Ensuite, il l'attira à lui et appliqua ses lèvres contre les siennes, il sentit sa langue dans sa bouche et resta ainsi, dur comme pierre, jusqu'à ce que quelqu'un enclenche le générateur, que les lumières reviennent et qu'il voie que Charlotte et l'autre A.J. faisaient pareil.

La nourriture ne serait pas un problème, même s'ils devaient rester plus longtemps que la nuit prévue, car, avec une tempête de ce type – un « blizzagan », comme Mr. Adams appelait ça, pluie censée devenir neige fondue à minuit puis neige en bonne et due forme ensuite –, ils pourraient être coincés là deux ou trois jours, sinon plus. Le temps que les gens comprennent qu'il était trop tard pour une évacuation parce que la piste de l'aérodrome était inondée et que d'aucune façon on ne pourrait traverser en canot l'embouchure de la lagune avec des vagues de six mètres, une odeur des plus étonnantes se répandit à l'intérieur du bâtiment depuis la cafétéria. Les lumières étaient revenues et Cherry venait juste de le repousser gentiment (on ne se bécotait pas en public, et surtout pas au collège) lorsque les fumets le saisirent de plein fouet et qu'il s'aperçut qu'il mourait de faim.

« Tu sens ça ? » Il regarda Cherry et l'autre A.J. le regarda. « Tu sais ce que c'est ?

— Du civet ? » devina Cherry. Elle avait raison : qu'est-ce que ça pouvait être d'autre ?

« Mon oncle Melvin, précisa-t-il.

— Quoi ! s'exclama l'autre A.J., ton oncle sent le civet ? Je dirais plutôt la sueur. C'est l'impression que j'ai eue, en tout cas. »

Charlotte se récria : « Hé, tu parles de mon père ! » Mais elle l'avait dit en riant et il ne put s'empêcher de se demander si elle allait se mettre à la colle avec l'autre A.J., l'A.J. noir, et ce que sa tante en penserait. Ou Melvin. Sauf que Melvin, l'un des meilleurs chasseurs du village, passait le plus gros de son temps sur la glace et ailleurs, à la recherche de viande, qu'il partageait à la manière des anciens – en échange d'autres denrées de première nécessité. Mr. Adams parlait beaucoup de ce phénomène, de la façon dont les gens se tenaient toujours sur la corde raide entre les traditions et la société de consommation venue de la vaste nation qui s'étendait au sud, là où il y avait des palmiers, des alligators, Hollywood et New York, qu'ils ne connaissaient que grâce à la télé satellite, aux livres et aux magazines qu'il pouvaient emprunter à la bibliothèque.

« Mon oncle a tué un caribou hier matin, avant la tempête… » Ils entendirent un grondement sous le bâtiment : tanguait-il sous leurs pieds ? Tous les quatre ne dirent rien pendant un long moment, tendirent l'oreille… Mais il finit par se rapprocher de Charlotte et lui donna un petit coup de coude dans les côtes. « Pas vrai, Charlotte ? »

Charlotte fit oui de la tête.

« Bon, dit-il. Vous me comprenez ? Du civet de caribou, et je ne sais pas vous, mais moi, je descends à la cafète et je m'en prends une part grosse comme la main, genre… illico ? »

Abandonnant donc la longue table, son fouillis de livres et d'écrans d'ordinateur tels des yeux exorbités, ils sortirent de la bibliothèque, longèrent le couloir et rejoignirent la cafétéria. L'odeur bouillante du civet de caribou était tellement forte que la fringale lui donna presque le vertige. Tous les autres faisaient déjà la queue devant la cuisine, un bol à la main, et deux femmes, s'activant près du réchaud et des grosses marmites brillantes, les servaient. Il prit un plateau, un bol, des couverts et tenta d'oublier les hurlements de la bise, la violence des vagues qui secouaient le bâtiment – et les chiens, les chiens qui hurlaient, ne faisaient plus que ça. Il se demanda si les chiens allaient tous se noyer ou être emportés par les vagues, car le collège pouvait tout juste contenir les humains. Les chiens allaient devoir se débrouiller…

« Et vos chiens ? » demanda-t-il à Cherry. Elle avait des chiens de traîneau, comme tout le monde, sauf qu'elle n'en avait que trois et plus personne, de toute manière, ne s'en servait pour tirer des traîneaux, puisque tout le monde avait des 4 × 4 et des scooters des neiges. Qui seraient tous foutus si le niveau de l'eau montait encore…

« M'man les a fait entrer dans la maison, et monter à l'étage, dans le couloir… »

La mère de Cherry était blonde, comme sa fille, et elle avait un visage comme une lune dans son troisième quartier qui se reflèterait dans la glace, mais, en fait, elle était bien, et elle s'était intégrée, elle s'était aussi bien acclimatée que des gens qui avaient vécu là toute leur vie (c'est-à-dire 98 % des personnes de sa connaissance).

L'odeur du civet était entêtante. Il dit : « Je déteste tout ça. Tu sais ce que je vais faire, genre, quand ça sera fini ?

— Tu détestes quoi ?

— Je ne sais pas, genre, ça, cette tempête… Avant, on ne sortait pas, on attendait tranquillement que la tempête passe, mais maintenant en plus on s'inquiète parce qu'on n'est pas sûr que l'île existera encore quand elle sera passée. Sans compter que la maison schlingue, après. Toutes les maisons schlinguent.

— Et qu'est-ce que tu vas y faire ? Tu as entendu Mr. Adams… dans dix ans, cet endroit sera totalement immergé. » Cherry portait le pull blanc que sa mère lui avait tricoté, celui qui moulait ses seins et soulignait le contour des bretelles de son soutien-gorge dans le dos. Il avait encore son goût de fille sur la langue.

« J'irai en Californie. Je ne sais pas… faire du surf, ramasser des noix de coco toute la journée.

— C'est ça. Et moi, je vais à Washington. Je vais devenir présidente, je ne te l'avais pas dit ?

— Non, vraiment. Je vais le faire. Je ne suis déjà plus ici dans ma tête. » Il brodait mentalement sur ce thème depuis un bon bout de temps et énonçait son projet à l'occasion pour voir l'effet qu'il produisait, même s'il savait pertinemment qu'il n'irait jamais nulle part. Les parents de Cherry s'étaient rencontrés à la fac et ils comptaient bien que leur fille fasse des études supérieures. L'idée – le fait qu'elle allait partir – glaçait le cœur de A.J. comme le neuvième cercle de l'enfer dont Mr. Nordstrom leur avait parlé en cours de littérature, où il n'y avait pas de diable qui soufflait le feu : c'était une immensité recouverte de glace, donc exactement comme l'île, sauf que les cieux ne s'éclaircissaient jamais, les canards ne revenaient jamais et l'hiver ne finissait jamais.

Il allait développer cette idée, se faire mousser, lui montrer à quel point il était cool, combien il lui était dévoué, lui rappeler qu'il était méritant, sincère et pas vraiment aux abois, et même pas du tout, lorsque Corinne vint à lui, lui prit le bras et lui dit tout bas : « M'man a besoin de toi. Genre, tout de suite. »

Leur père avait déniché une place dans le gymnase, pas contre un mur, où au moins ils auraient bénéficié d'un minimum d'intimité (toutes les bonnes places étaient prises), mais au beau milieu de la salle, à l'endroit où était peinte sur le sol la zone de panier. Derrière le panneau de basket, accrochée au mur, on voyait encore la bannière *Go, Qavviks !* du tournoi contre Kotzebue qui s'était déroulé sur trois jours le week-end précédent. Ils s'étaient fait rétamer (ses jambes étaient si lourdes qu'il avait eu l'impression de jouer sous l'eau). La bannière, un long dépliement de papier cartonné, s'affaissait jusqu'au plancher comme une langue sortie de la gueule d'une baleine morte. Tous ceux qui n'étaient pas à la cafétéria étaient là, sauf des gamins qui traînaient dans les couloirs, occupés à Dieu sait quoi : avaient-ils mangé ou pas ? Ça n'avait d'ailleurs aucune importance – le civet durerait des jours, comme les pains et les poissons de la Bible, une manne pour tous, même si la tempête durait une semaine.

Il s'étonna de voir sa mère allongée sur le dos, en sandwich entre des couvertures et des sacs poubelle pleins de vêtements, au lieu d'être assise en tailleur, dans sa posture habituelle. Avait-elle l'intention de se coucher si tôt ? Il n'était que 20 h 30. Sans compter que, d'ordinaire, elle avait toujours le nez fourré dans un roman ; quand elle aimait vraiment une histoire, il lui arrivait de veiller toute la nuit – il ne s'était donc pas du tout attendu à ça. C'est alors qu'il vit son expression. Sans compter qu'elle était livide, aussi blanche que la mère de Cherry, ce qui l'inquiéta. « Quoi ? fit-il. Qu'y a-t-il, M'man… tu es malade ?

— Elle a oublié ses médicaments », expliqua Corinne, qui n'avait pas l'air effrayé (comme la fois où leur mère avait eu une attaque et était devenue tout aussi livide). Elle était simplement agacée. Ou exaspérée plutôt.

« Où est P'pa ? » Il se surprit à dévisager la mère de Joe Sage, installée sur sa peau d'ours à moins d'un mètre de lui, mais Mrs. Sage, à qui jamais rien n'échappait, se détourna et fit mine d'observer quelqu'un d'autre.

« Il dit qu'il ne ressortira pas. Personne ne ressortira.

— Tu veux dire… pour aller chercher son médicament ?

— Il dit qu'elle devra faire sans. »

Sa mère ouvrit les yeux : deux trous dans la glace. Elle murmura son nom et il s'agenouilla pour se pencher vers elle. « Tu vas bien, M'man ? »

Aucune réponse. Tout ce qu'il entendit, ce fut le murmure de cent conversations tamisées autour d'eux, les conversations et le vent. Et aussi les hurlements des chiens sous le plancher, qui étaient exactement comme le vent, mais plus féroces.

« M'man ? »

Sa voix ténue et nerveuse montait des profondeurs de sa gorge. « Il me faut mes médicaments. Mes médicaments pour le cœur...

— Et ton insuline ? Tu as ton insuline ? »

Elle fit non de la tête, de sa tête qui reposait sur un sac en plastique noir froissé, qui lui servait d'oreiller et luisait d'une lueur mate sous les néons. « Va me les chercher. Tu sais où ils sont », ajouta-t-elle.

Corinne avait posé son gros visage rond sur l'épaule de son frère, avec ses dents toutes de travers et sa mauvaise haleine qui sentait l'huile de phoque. Elle se récria : « Vous avez bien entendu P'pa ! Il dit que c'est trop dangereux.

— Il veut ma mort, voilà la vérité. C'est ce que ça veut dire. Et vous... voulez-vous que je meure, aussi ?

— Arrête, M'man, tu dis n'importe quoi », répondit sa sœur. Mais il s'était déjà relevé, il traversait déjà le gymnase, esquivant les gamins et enjambant les affaires pêle-mêle des réfugiés. Il se moquait de l'opinion de son père ou de quiconque, d'ailleurs : il allait ressortir, il allait reprendre le canot ou faire ce qu'il faudrait, il irait à la nage s'il le fallait, parce qu'il n'allait pas laisser sa mère souffrir de la sorte, pas une minute de plus.

Les chiens étaient juste là, à la porte, toute une meute se battant pour une place sur les deux escaliers en bois qui disparaissaient progressivement sous l'eau. Lorsque, ayant poussé la porte de toutes ses forces, il se retrouva dehors, la bise l'époumona d'un coup. La pluie l'enveloppa – d'ailleurs, ce n'était plus de la pluie mais de la glace, des billes de glace charriées par la bourrasque qui criblait le côté du bâtiment dans un crépitement de chevrotine. « Assis ! » cria-t-il aux chiens. « As… ! » Ils vinrent tous le renifler, tournoyant, se battant, grattant la porte et, quand il se mit à leur donner des coups de pied, ils montrèrent les dents, ce qui ne fit que l'agacer davantage, si bien qu'il frappa encore plus fort, jusqu'à ce qu'il ait atteint le bas des marches et se retrouve jusqu'aux genoux dans l'eau glacée amenée par les vagues qui venaient s'écraser là. Toute l'île, jusqu'à perte de vue, n'était plus que vagues, encore des vagues, toujours des vagues. Il eut peur. Si l'eau lui montait jusqu'aux genoux ici, qu'est-ce que ce serait là-bas, chez eux ?

Le bâtiment du collège planait au-dessus de lui, grosse boîte sombre au-dessous de laquelle disparaissaient les vagues. Il comprit en un clin d'œil que le canot ne lui serait d'aucune utilité : passé sous l'édifice, corde d'amarrage tendue au maximum, il se trouvait au milieu de tous les autres canots. C'était un miracle que la corde n'ait pas cédé. Il essaya de le tirer à lui mais il pesait une tonne ; la corde était emmêlée avec toutes les autres et peut-être enroulée autour d'un pilotis ; de toute façon, même s'il pouvait l'extraire de là, la violence de la bise l'empêcherait de ramer. Il décida donc, alors qu'il était déjà trempé et frissonnant, de doubler le nœud, de s'assurer qu'il tenait bien, après quoi il se courba pour affronter la bise et se mit à patauger.

Les bâtiments de l'autre côté de la rue, fort utiles, coupaient le vent et ralentissaient la montée des eaux ; il réfléchit que le mieux serait de se coller au côté du bâtiment le plus proche puis du suivant et ainsi de suite. En arrivant au Native Store, qui n'était pourtant qu'à mi-parcours, il avait déjà de l'eau jusqu'au torse, courtisant son menton ; en gros, il nageait, mais ça n'était guère efficace car sa parka le plombait. Il but la tasse et en fut bientôt réduit à faire du sur-place, accroché à la rambarde devant lui, sans compter qu'il fut pris d'une quinte de toux à le faire tourner de l'œil. Quant au froid… il le paralysait. Les gens d'ailleurs, comme l'autre A.J., n'arrêtaient pas de dire que ses semblables, son peuple, ne semblaient pas remarquer le froid : ils étaient nés ici, ils y étaient forcément habitués, ils l'avaient dans le sang (*Tu as de la glace dans tes veines, mec, mais moi, je suis africain et je te dis que je ne peux pas supporter toute cette merde*). Ce n'était vrai qu'en partie. Tu te mouilles, tu meurs : comme Ray Kinik, qui, le printemps dernier, était tombé dans la glace pourrie et n'était jamais revenu.

C'était donc ça… l'hypothermie, voilà ce que c'était ! Si l'eau montait aussi haut et si la bise la fouettait fort, leur maison devait être inondée jusqu'au haut des chambranles : tous les vêtements de sa mère, toutes ses affaires, ses médicaments devaient être sous l'eau. Il avait seize ans. Il en pinçait pour Cherry, il aimait Cherry, il l'aimait – mais Cherry irait à la fac et pas lui parce que, inutile de se leurrer, il savait pertinemment qu'il finirait comme tous les autres par travailler à la Mine du Chien rouge, à extraire du zinc. À quoi ça rimait ? Le froid l'étreignait. Le berçait. C'était comme ça que tu mourais sur la glace quand un morceau de banquise se détachait et t'emportait en mer : tu t'endormais. Il avait seize ans. Il en pinçait pour Cherry. Il aimait sa mère, son père et sa sœur Corinne aussi, mais il serait incapable de retourner chez eux. Cela dit, il n'allait pas non plus mourir là sur les marches inondées du Native Store ! Il allait rebrousser chemin et retourner au collège, se réchauffer, boire du café noir et manger du civet de caribou, des bols et des bols de civet brûlant, brûlant comme la douche de la buanderie quand on ne tournait que le robinet d'eau chaude, sans une goutte d'eau froide. Alors, qu'est-ce qu'il attendait ?

Il persévéra. Il faisait nuit noire maintenant, la bise lui lacérait le visage comme les femmes frappaient les hommes dans les vieux films quand les hommes dépassaient les bornes et essayaient de les embrasser. Mais pourquoi pensait-il donc au cinéma alors que son sang refluait vers son cœur et qu'il ne sentait plus ni ses pieds ni ses mains ? Aucune idée. Peut-être était-ce une hallucination, comme la fois où Lucy Kiliguk avait partagé un joint avec lui. Il se concentra sur une seule chose : empêcher que l'eau entre dans sa bouche. Ses jambes aussi, ses jambes devaient continuer d'avancer, comme au tournoi de basket, sauf que, maintenant, il tombait de sommeil, il gelait et il n'aurait pas pu tenir un ballon même en or massif. Il parvint à l'angle de la maison de Leonard Tue-Ours, d'où il vit les lumières du collège. L'eau relâcha son étreinte. D'un coup, il recommença à patauger. La bise le poussa de l'avant comme deux mains plaquées sur ses omoplates. Quand il atteignit l'escalier, les chiens eurent beau aboyer, montrer les dents et le griffer, il n'en monta pas moins les marches en s'accrochant à la rambarde. Puis il réussit à ouvrir la porte d'un coup, et il entra, il était de nouveau dans le bâtiment, et si un chien – une chienne des Adam, celle dont un œil disait zut à l'autre – avait méchamment mordu sa main droite engourdie, il le remarqua à peine.

Ce fut une longue, très longue, nuit. Tout le monde le fêta. On le traita de fou, quelle idée de sortir dans cette tourmente ! Mais les gens savaient qu'il avait un cœur d'or et qu'il l'avait fait par amour pour sa mère : il avait voulu l'aider, la sauver. Son père lui frotta le corps pour faire circuler le sang, il l'aida à se changer, à passer des vêtements secs et il resta longtemps assis avec lui devant la chaudière. Mrs. Nashookluk, l'infirmière du collège, lui banda la main. Sa mère s'était endormie par terre, sur le dos : elle ronflait comme toujours et, quand il alla la voir, il ne put que sourire ; dans toute autre circonstance, il aurait eu honte d'elle – mais pas cette fois. « Elle s'en sortira, affirma son père. Laisse-la dormir. » Et il l'enguirlanda devant tout le monde, mais il était évident que c'était pour la forme. Cherry lui tint compagnie un moment, mais il était déjà 1 heure du matin et sa mère vint la chercher parce qu'il était temps de se coucher – au milieu des hurlements de la bise, des chiens et des vagues qui venaient s'écraser contre les fenêtres de la salle de Mrs. Koonook – jusqu'à ce que le jour se lève et qu'ils puissent tous voir s'il restait quoi que ce soit, hormis de l'eau, là-bas dehors.

Il ferma les yeux, essaya de se laisser emporter par le sommeil, mais la situation était trop étrange ; tous les villageois couchés autour de lui, chacun ronflant dans sa tonalité : on aurait dit l'une de ces compositions atonales que Mrs. Cato leur faisait écouter en classe d'Éveil musical. Il faisait chaud, trop chaud, et s'il y avait là une quelconque ironie, il ne s'y attarda guère. Son père dormait collé contre sa mère, leurs visages étaient détendus ; et Corinne tout près d'eux, joue contre l'oreiller, bouche pincée comme la gueule d'un poisson, ronflait doucement, suivant son propre rythme. Le matin venu, la première chose qu'il ferait, dans tous les cas, ce serait d'aller chercher les médicaments de sa mère, car elle en aurait besoin plus que jamais et il pensa aux fois où, parce qu'elle avait trop dormi, sa glycémie avait chuté : elle était comme folle, agressait tout le monde, les yeux dilatés, les veines du cou saillantes, jusqu'à ce qu'ils la fassent redescendre sur terre et qu'elle redevienne normale. La bise soufflait – continuait de souffler. Quelqu'un gémit dans son sommeil.

Le gymnase était la plus grande salle du collège et la plupart des gens y étaient rassemblés, mais certains étaient éparpillés dans les salles de classe, la cafétéria et la bibliothèque. La famille de Cherry campait dans cette dernière avec peut-être six ou sept autres familles, dont – et ça lui fit mal – A.J. et son père. Rien de prémédité, bien sûr, juste le hasard, mais ça l'irrita tout de même : autre raison de ne pas fermer l'œil de la nuit. Non qu'il eût la moindre inquiétude. La dernière chose qu'elle lui avait dite, avant que sa mère, louvoyant dans la salle, ne vienne la chercher, c'était : « Deux heures, d'accord ? Si tu réussis à ne pas t'endormir jusque-là. Tu crois que tu en es capable ? Pour moi ? »

Il l'avait embrassée, un baiser public, un succinct effleurement des lèvres, mais il n'en avait pas moins bandé aussitôt. Il avait levé la tête pour l'observer traverser le gymnase jusqu'à la porte, après quoi, il s'était penché pour mettre l'alarme à sa montre, puisque tel était le marché : à 2 heures pile, elle se lèverait pour aller aux toilettes et il était censé faire de même. Sauf qu'ils n'iraient pas aux toilettes, ils dépasseraient les portes marquées « Filles » et « Garçons » pour aller au fond du couloir, jusqu'au cagibi du gardien. Si personne ne les voyait – et pourquoi y aurait-il quelqu'un en pleine nuit ? –, ils entreraient dans le cagibi et y resteraient ensemble aussi longtemps que possible. Cette promesse – ce qu'elle le laisserait peut-être faire – mettait tout le reste en perspective. D'accord, leur maison était dévastée, il en avait l'intime conviction, d'accord l'île était condamnée, d'accord

Cherry partirait, mais pas tout de suite, pas ce soir-là, pas au moment où ils avaient le cagibi du concierge à leur disposition, à l'insu de tous.

Dans sa rêverie, le collège avec tous ses pensionnaires était arraché à ses pilotis et emporté dans les airs par un rayon tombé d'un vaisseau spatial en vol stationnaire au-dessus de lui, tel un oiseau frappant le soleil avec ses ailes : les aliens allaient-ils les déposer à Hawaï, Tahiti ou… qui sait, en Californie ? Il ne le sut jamais car son alarme sonna alors doucement : *ping, ping, ping*. Il ouvrit les yeux d'un coup sur la salle plongée dans l'obscurité et les ombres courbes, tels des phoques couchés sur la glace au crépuscule. Cherry ! songea-t-il alors qu'il se levait déjà furtivement, se remémorant la dernière fois où ils avaient eu droit à une demi-heure seuls, chez elle, avant que Mrs. Pollard ne rentre de son bridge. Ils s'étaient déshabillés entièrement l'un l'autre et elle l'avait laissé la toucher partout.

Les seules lumières étaient celles, rougeoyantes, des issues de secours aux deux extrémités du gymnase, mais on y voyait assez pour éviter les dormeurs, même si ça ressemblait à un tour de passe-passe, car les gens dormaient dans tout un éventail de positions bizarres et, en plus, bougeaient dans leur sommeil. Il était quasiment parvenu à la porte lorsqu'il perdit l'équilibre et trébucha sur le bras tendu d'un dormeur – un homme, mais il ne vit pas qui ; un juron retentit dans le noir, il se figea et lâcha tout bas un : « Désolé ». Il allait ajouter « Je vais aux toilettes », quand retentit un renâclement bref et soudain comme un coup de feu : l'inconnu s'était rendormi.

À cette heure, le couloir avait l'étrangeté d'un songe : le temps y était figé, il n'y avait personne, pas d'enfants, pas de professeurs, de cris, de railleries, de rires idiots de filles, de portes de casiers qu'on claque. Mais soudain, la porte de la salle des garçons s'ouvrit et en sortit Jimmy Norton, se frottant les yeux. A.J., à quelques pas de lui, dit « Salut » tout bas mais, tel un somnambule, Jimmy s'abstint de répondre. A.J. attendit donc que Jimmy le croise et n'ouvrit la porte des toilettes que pour la forme, restant là, le cœur battant, à observer le garçon s'éloigner. Puis il referma doucement la porte et, sur la pointe des pieds, continua dans le couloir jusqu'au cagibi du concierge.

Cherry s'y trouvait déjà. Il ouvrit la porte, la faible lumière du couloir se coula dans le réduit. A.J. la vit alors, dans sa chemise de nuit en flanelle blanche qui ressemblait à celles de sa mère, mais infiniment plus petite. Elle fit : « Chhhhhhhut. Allez. Viens. Ferme la porte. »

Il était troublé, électrisé, oui, tellement excité qu'il en tremblait. En plus, il n'y avait aucune lumière dans le cagibi et il avait oublié d'apporter une lampe de poche ou même des allumettes. Ou plutôt non, il n'avait pas oublié : il n'y avait même jamais pensé.

« Mais il n'y a pas de lumière ici.

— Chhhhut ! Ferme la porte ! »

Les yeux de Cherry, à cet instant-là deux points rouges, reflétaient la lueur de la veilleuse indiquant l'issue de secours au fond du couloir. Il ne voyait pas son visage ni ses cheveux ou quoi que ce soit d'autre, mais sa voix était là devant lui, juste devant lui, impatiente – n'y tenant plus – et il comprit qu'elle était aussi excitée que lui. Ce qui décupla sa propre excitation.

Il obtempéra, referma la porte, dont le claquement dans son dos retentit comme un coup de tonnerre. Puis il prit Cherry dans ses bras, ils s'embrassèrent et il sentit ses seins s'écraser contre son torse. D'habitude, quand ils s'embrassaient, il gardait les yeux fermés et c'était comme quand il chantonnait en écoutant une chanson qu'il aimait, et dont il s'imprégnait. Mais, cette fois, il ouvrit grands les yeux ; il n'y voyait goutte, et cela lui fit un drôle d'effet, comme s'il ne se trouvait nulle part.

« Je veux te voir, dit-il.

— Non.

— Allez, laisse-moi entrouvrir la porte, un tout petit peu, je veux dire… deux ou trois centimètres, pas plus. » Il porta la main en arrière, rechercha la poignée. Mais Cherry lui saisit le poignet. Elle avait une poigne de fer. Elle était forte, belle, ne ressemblait à personne sur l'île et il l'aimait, il l'aimait vraiment plus que tout au monde. Il se rappelait tout ce qu'ils avaient fait ensemble, tel le DVD de leur vie : encore tout jeunes enfants, ils se bagarraient sur la grève ; ils allaient à l'autre bout de l'île et retour ; ils jouaient à des jeux de société, à des jeux vidéo ; ils lançaient leurs véhicules tout-terrain sur le tarmac de l'aérodrome. Leur premier baiser et la première fois qu'il lui avait dit qu'il l'aimait : il aurait voulu tout lui rappeler mais, dans le noir, il ne put prononcer que deux mots qu'il se serait cru incapable de jamais pouvoir articuler : « J'ai *peur*.

— Peur ? De quoi… du noir ?

— Non. » Sous le plancher, il sentait, comme venus du lointain, les coups de butoir et les claques des vagues. « Pas du noir. Simplement, je ne sais pas… j'ai peur…

— De moi ? » Elle lâcha un rire et ce fut à son tour de la faire taire. « Tu ne semblais pas avoir peur chez moi l'autre jour. »

Il sentit son haleine sur son visage. « N'aie pas peur », dit-elle, savourant l'expression, savourant la notion, et elle se colla encore plus à lui, ils s'embrassèrent à nouveau, un baiser profond. Il n'exista alors plus rien au monde que sa chaleur féminine, mais il ne s'en détacha pas moins et dit : « S'il te plaît ? Juste un petit interstice… »

En réponse, elle retira sa chemise de nuit par la tête (il entendit le doux frou-frou du tissu qui se détachait de sa peau) et se colla derechef contre lui. « Sens-moi, dit-elle, sens-moi. »

Il régnait là l'odeur des affaires du gardien – eau de Javel, cire à parquet – et, quand ils finirent par se retrouver allongés, se servant respectivement de leur chemise et chemise de nuit pour se protéger de la froideur du sol, dans l'obscurité totale ils n'arrêtèrent pas de se cogner dans des objets : des balais, supposa-t-il, des serpillières, des seaux. Cherry ne lui avait jamais permis d'aller jusqu'au bout et elle ne le ferait pas davantage cette fois, il le savait, d'ailleurs il n'avait même pas de capote, mais sa peau douce était en feu et la sienne aussi, et il l'embrassa de partout. Il n'arrêtait pas de fermer les yeux et de les rouvrir, l'univers entier tourbillonnait dans le noir, les points de lumière que Mr. Adams appelait des « corps flottants » ponctuant comme des constellations les ténèbres d'un néant sans fond. Il jouit deux fois, les deux fois sur le ventre de Cherry, et elle le pressa si fort qu'il eut l'impression de se retrouver dehors écrasé par l'eau et l'air raréfié.

Ils passèrent la nuit enveloppés comme par un drap dans la chemise de nuit de Cherry, mais lui resta éveillé, allongé, la tête de cette dernière pressée sur son torse. Il lui fallut une éternité pour discerner l'infime filet de lumière sous la porte, alors qu'il devait être là depuis le début : ce ne pouvait pas être déjà le matin, n'est-ce pas ? Bientôt, il devrait la réveiller pour qu'ils rejoignent en catimini leurs places respectives avant qu'on ne remarque leur absence. Mais pas encore. Pour l'instant, sans bouger d'un pouce, il laissa la nuit vriller autour de lui. Sa mère flottait dans sa conscience et les chiens aussi, les chiens qui s'étaient tus : on n'entendait plus que les geignements de la bise et le sifflement de l'eau qui poussait sans trêve, imparable, dans l'obscurité en dessous.

Il sentait Cherry respirer, inhaler, expirer en rythme, et il tenta de coordonner sa respiration à la sienne, ce qui le requinqua, car il avait la maîtrise des choses, après tout, malgré les ténèbres, malgré l'inévitable. Sa mère, la maison, le village et le collège allaient tous disparaître et Cherry partirait. Tout était trop déprimant et il aurait succombé à l'abattement si, juste à ce moment-là, Surtsey ne lui était venue à l'esprit : Surtsey, l'île sortie des eaux cinquante ans plus tôt au large de l'Islande, dans l'autre océan, l'Atlantique. Il ne put que sourire. Mr. Adams avait consacré un cours entier au phénomène : à la façon dont le volcan sous-marin était entré en éruption, créant un nouvel espace au-dessus du niveau des flots, tout comme des choses avaient été charriées par les vents au-dessus de l'océan – des graines, des insectes, des pollens – pour lui donner vie : toute une île nouvelle, un nouvel univers. C'était quelque chose, Surtsey ! Peut-être, d'ailleurs, songea-t-il, pourrait-il s'y rendre un jour. Oui, c'était une idée, ça.

Il bougea le bras, oh si délicatement, et Cherry se colla encore davantage contre lui. Il écouta la bise, il écouta les vagues. Avant de s'endormir.

Vol et autres litiges

La chienne

La chienne était vieille, grasse, arthritique et elle appartenait à ma petite amie à demeure, Leah, qui l'avait depuis huit ans quand nous nous sommes rencontrés. Elle s'appelait Bidderbells (ne me demandez pas pourquoi) et on ne pouvait pas vraiment la laisser longtemps seule à la maison, à cause de sa propension à éventrer et mâcher les coussins du canapé ou, du moins, à les ronger, avant de faire ses besoins sur le carrelage de la cuisine. Je l'avais donc emmenée, un jour où j'étais allé travailler avec mon portable à la bibliothèque pour avoir la paix (à cause du boucan que faisait le chantier en face de chez moi). Bien entendu, je ne pouvais pas me garer dans la rue car, au soleil, la voiture serait devenue une fournaise pour la chienne. Au parking, j'ai eu de la veine. À l'instant où la barrière se levait, après avoir pris mon ticket, j'ai vu un SUV sortir d'une place de premier choix ; je m'y suis immédiatement garé, heureux de bénéficier de ce genre de menue récompense que la vie nous réserve parfois. J'entrouvris les fenêtres, donnai à la chienne un os en cuir à ronger, fermai la voiture puis descendis la rampe à pied pour ressortir au soleil.

La bibliothèque est l'un de mes bâtiments préférés en ville, un monument en grès élevé à la gloire du savoir et de la culture à une époque où les gens s'en souciaient encore. Bien sûr, de nos jours, c'est surtout un réceptacle de fesses, d'hommes pour la plupart, qui encombrent les fauteuils et les grandes tables en chêne, avec leurs sacs débordant de leurs piètres possessions pour passer leur temps à regarder des sites porno sur les écrans des ordinateurs, gribouillant dans un carnet ou faisant un somme, tête rejetée en arrière, bouche grande ouverte. Cela dit, je ne me plains pas. Ils ont le droit de vivre. Les bonnes âmes (à savoir : les avocats des clodos) abondent dans les parages et, bien que je ne sois pas de leur nombre, je suppose qu'on pourrait me dire tolérant, pour le moins.

Bref, je travaillai pendant, disons, une heure et demie, puis je rassemblai mes effets, ressortis sous le soleil de plomb, traversai tranquillement la rue et retournai au parking. Pensais-je que j'étais sur le point de devenir une victime ? Non. Je ne pensais rien du tout, sauf que c'était une belle journée, que c'était l'heure du déjeuner et que le monde était un endroit calme et équilibré.

Absence

La voiture n'était plus là. Je m'étais rendu directement à l'emplacement où je l'avais laissée, or je trouvai une moto garée à sa place. Un bel engin, certes, un chopper, guidon surélevé et décalco de dragon sur le réservoir, mais absolument pas ma voiture. Que j'étais pourtant au moins à 99 % sûr d'avoir garée là. Je tendis le cou pour vérifier les rangées de véhicules, me demandant si, par hasard, pour une raison ou une autre, je me fourvoyais, si ma boussole interne se trompait de visite à la bibliothèque, si elle confondait celle-ci avec la précédente : dans ce cas, j'aurais garé la voiture à cet endroit la veille – et, cette fois, je l'aurais garée ailleurs. Au sommet de la rampe, par exemple. Je remontai l'inclinaison, scrutant les véhicules de part et d'autre. Parvenu au point où la rampe débouchait sur le deuxième étage du parking, je la redescendis en sens inverse pour vérifier à nouveau toutes les voitures sur le parcours. Chou blanc. Je remontai donc, vérifiai chaque voiture au Niveau 2, avant de monter aux autres niveaux, y compris le sixième et dernier étage qui, dans la mesure où il se trouvait en plein air et en plein soleil, ne pouvait en aucun cas être une option puisque j'étais certain que je ne me serais jamais garé là avec la chienne dans la voiture, ni ce jour-là ni aucun autre.

Combien de temps gaspillai-je dans cet effort illusoire, cette déambulation idiote, obsessionnelle-compulsive, dans tout le parking, à vérifier et vérifier encore les mêmes voitures quantité de fois, comme si l'une d'elles allait par magie se métamorphoser en la mienne ? Une demi-heure ? Plus ? N'était-ce pas la définition même de la débilité : répéter la même action en en attendant un résultat différent ? C'est alors que je me dis qu'on avait dû emmener ma voiture à la fourrière – tout en ne comprenant pas pourquoi, puisqu'il s'agissait d'un parking payant où la barrière ne se serait pas levée pour moi sans ticket. Subitement, j'eus hâte de me sortir de cet imbroglio, je pensai à ce que cela allait me coûter – et je pensai à la chienne, aussi, à la chienne, bien sûr, qui devait être désorientée ou perturbée, voire effrayée par les bruits de chaînes de la remorqueuse et l'angle inhabituel auquel la voiture aurait été tractée : me voilà donc redescendant presque au pas de course les divers niveaux vers la sortie. Enfin, un tournant en épingle à cheveu déboucha à l'air libre et je me retrouvai sur une bande étroite qui menait à la guérite et la barrière, coincé entre de menaçants piliers en ciment d'un côté, et de l'autre, des voitures immobilisées au guichet, gêné et vulnérable : à pied au royaume des carrosseries mastocs et des pneus à gros maillage.

Le guichetier était un lycéen à capuche apparemment étonné de me voir passer la tête par la porte. Lors de ses temps morts, il soulignait des passages dans un livre de poche, *Crime et Châtiment*, posé sur l'aluminium rayé du comptoir. Au plus profond de l'abîme d'agitation et de panique que je ressentais en pleine poitrine, je commençai à voir se dessiner un motif. Plein d'espoir, je demandai : « Est-ce que vous avez fait remorquer des voitures aujourd'hui ? » Je devais avoir l'air de l'automobiliste égaré auquel il devait souvent être confronté.

Des crissements de pneus retentirent quelque part au-dessus de nous, à l'arrière du bâtiment. Il régnait une odeur douceâtre de pot d'échappement. Le garçon m'adressa un regard las. « On ne tracte pas les voitures ici, répondit-il. À moins qu'elles soient là depuis une semaine…

— Non, non. Je me suis garé ici il y a deux heures (je retournai mon poignet pour vérifier l'heure à ma montre), aux alentours de dix heures et demie. »

Le garçon hocha la tête ; les côtés de sa capuche générèrent une petite brise. « Je suis arrivé à huit heures et je n'ai pas vu passer de remorqueuse. »

Ce qui me fit réfléchir. Mon regard se porta sur le tribunal, de l'autre côté de la rue, et je remarquai la façon dont le soleil traçait des lignes de lumière sur les blocs de grès qu'une génération antérieure avait empilés : défi lancé au temps, aux séismes et aux intempéries. Je rapatriai ensuite mon regard vers la guérite, devant laquelle s'arrêta une Lexus blanche. La conductrice, une fausse blonde liftée, me décocha un regard. Elle tendit son ticket au gamin à capuche, tandis que je restais là à observer la barrière se lever et, démuni, gêné, écoutais leur échange de politesses : « Bonne journée à vous », « À vous aussi ».

« C'est une caméra, là, non ? » demandai-je, après que la Lexus eut obliqué dans la rue.

Le gamin regarda l'endroit que je désignais, à sa droite au-dessus de sa tête. « Ouais, c'est ça, répondit-il.

— Donc, si quelqu'un – le mot s'accrocha à ma gorge un bref instant – a *volé* ma voiture, ce sera sur la vidéo, non ? »

Vers l'élucidation du mystère

Le gamin appela son chef, la quarantaine athlétique, tout en nerfs, mâcheur de chewing-gum, moustache fine et badge accroché à sa veste sport : Greg. Greg me serra la main et demanda : « Alors, on a un problème ?

— Je pense qu'on a volé ma voiture.

— Vous vous êtes bien garé ici ?

— Oui.

— Vous êtes sûr ? Sûr à 100 % ? » Greg connaissait la chanson, ça se voyait. Et il était clair que, dans 90° % des cas, les gens s'étaient garés dans la rue, dans un autre parking ou étaient simplement passés devant leur véhicule sans le voir, parce qu'ils s'affolaient, surtout après une longue session à la bibliothèque où ils s'étaient concentrés sur une page ou un écran d'ordinateur, oubliant le réel, le présent.

Je fis oui de la tête. D'abord, j'avais ressenti de lents tambourinements dans ma poitrine, puis ils avaient vite migré vers mon crâne, où ils avaient adopté le rythme d'une grosse caisse. « Ma chienne était dans la voiture, expliquai-je. Ou, plutôt, la chienne de mon amie. » Je me représentai Leah, Leah quand elle s'insurgeait face à une traînée de grains de café allant, sur le carrelage de la cuisine, du plan de travail à la poubelle, ou quand ce qui était dit dans une émission à la radio la mettait hors d'elle : front plissé, yeux en spirale, prête à frapper. Comment allais-je me débrouiller pour lui annoncer la nouvelle ?

« Marque et année ? » Le regard de Greg était rivé sur moi. Il essayait de me décrypter et je le comprenais parfaitement. J'imaginais bien le genre de dingues auxquels il devait avoir affaire tous les jours.

« Crown Victoria, 2003. Bleue. Bleu foncé. Presque noire, suivant la lumière. » J'avais hérité de la voiture de ma mère, morte l'année précédente. La voiture était gourmande, mais en parfait état car ma mère ne s'en était quasiment jamais servie : moins de 45 000 km au compteur. Pour les longs trajets, quand Leah et moi partions dans l'Oregon rendre visite à sa sœur ou à Las Vegas pour des vacances, nous prenions la Honda de Leah pour économiser l'essence.

Greg m'adressa un sourire qui étira sa moustache à son maximum. « Allons voir ça », dit-il.

Je passai la demi-heure suivante à vérifier pour la deuxième fois le parking de fond en comble, cette fois-ci avec Greg à mon côté. « Je vais faire l'éclaireur », proposa-t-il, et nous commençâmes à gravir la montée vers le Niveau 1. Greg n'arrêtait pas de papoter mais comme le roulement de tambour allait grandissant dans mon crâne, il me semblait ne l'entendre que de loin, sans compter que la rampe tremblait sous nos pieds lorsque les voitures qui la montaient péniblement nous dépassaient. Greg me détailla par le menu les problèmes liés à la gestion d'un parking public, les bagarres pour une place quand il y avait un événement important en ville, les graffiti, les mares de vomi, les gens qui baisaient dans les escaliers et les clodos qui faisaient leur lit dans des voitures que leurs propriétaires, ces crétins, avaient oublié de fermer à clé. Chaque fois que nous passions devant une voiture qui se trouvait être bleue ou noire, peu importe la marque, il s'arrêtait brusquement et demandait : « C'est pas celle-là ? »

Cela va de soi, ce n'était jamais celle-là.

« Bon, finit-il par dire, allons vérifier cette vidéo pour voir si nous pouvons découvrir ce qui est arrivé à votre véhicule. »

L'avant-bras du coupable

Je n'ai pas de tatouage, mais Leah en a un, un papillon bleu et or, juste sous le pli de sa fesse droite, de sorte qu'il donne l'impression de voleter quand elle marche devant vous sur la plage en maillot de bain. Je parle de ça parce que le coupable… – le voleur – était un fou de tatouage et il fut trahi par son avant-bras.

Greg et moi sommes retournés à son bureau, au dernier sous-sol du parking qui n'était guère plus spacieux que la guitoune du jeune à la capuche. Nous avons attendu que son « technicien » vienne de l'autre bout de la ville, de l'un des autres parkings, pour sortir la bande de la caméra et nous la passer. « Quinze minutes, dit Greg. Vingt au plus. » Puis, il s'attela à son ordinateur. Je sortis mon portable, mais, incapable de me concentrer, je finis par me contenter de fixer le mur au-dessus de la table de travail de Greg pendant les soixante-quinze minutes durant lesquelles nous attendîmes le « technicien », en fait un autre lycéen (ce qui fut frustrant, car, manifestement, le voleur avait volé ma voiture très peu de temps auparavant et, plus tôt nous préviendrions la police, plus tôt le problème serait réglé, plus tôt ma voiture me serait restituée et plus tôt Bidderbells me serait rendue. À moi et surtout à Leah. Laquelle était au travail et, pour l'instant, n'était au courant de rien).

Le lycéen, qui en réalité était étudiant, passa le film sur l'ordinateur de Greg, autour duquel nous nous penchâmes tous les trois, pour contempler le gamin à la capuche sauter, danser, s'asseoir et se relever aussitôt, tandis que nous visionnions sur avance rapide les transactions de la matinée jusqu'à ce que, finalement, je m'écrie : « La voici ! C'est elle ! »

Car ma voiture était apparue, présence granuleuse, lisse, brillante et substantielle. Le chauffeur baissait la fenêtre et on voyait aussi l'ombre de la chienne sur le siège arrière, le museau contre la vitre. Le gamin à capuche tendait la main et le voleur lui tendait mon ticket, bras nonchalamment appuyé sur le cadre de la fenêtre. Puis le montant s'affichait sur l'écran de la guérite. 1,50 dollar. Premières soixante-quinze minutes offertes, 1,50 dollar par heure après ça : le gars avait donc crocheté la voiture, l'avait démarrée en faisant se toucher les fils et était parti quelques minutes à peine avant que je ne sorte de la bibliothèque. Quelques minutes ! Qu'éprouvai-je ? Colère et regret en égale mesure. Si seulement j'avais été là, j'aurais pu l'arrêter avant même qu'il ne sorte du parking, ce fils de pute. Mais nous avions un problème : ce fils de pute était un fils de pute sans visage – ou du moins nous ne pouvions pas le voir, compte tenu de l'angle de prise de vue de la caméra et des ombres dans l'habitacle dues à la position du soleil à cette heure-là. Nous ne pûmes voir que son avant-bras gauche : ses tatouages, de sombres blocs comme un champ d'aiguillages de chemin de fer montant de son poignet vers le biceps. Puis des pièces changeaient de main, la barrière se levait et ma voiture disparaissait de l'écran.

L'agent Mortenson

Deux heures plus tard, l'agent Mortenson garait devant l'immeuble du parking une Crown Victoria qui ressemblait beaucoup à celle qu'on m'avait volée, sauf que la sienne – un modèle plus récent – était surmontée d'une galerie de lumières clignotantes et que ses portières de devant arboraient le logo de la commune de San Roque avec POLICE écrit, en dessous, en lettres capitales. Assis sur une murette en béton devant la bibliothèque en compagnie d'une demi-douzaine de clodos, je l'observai quand elle se gara face à la guérite dans la zone interdite au stationnement. Puis je me levai et me précipitai sur elle au moment où elle sortait de son véhicule. « Bonjour », dis-je, tendu encore mais sentant baisser légèrement la pression qui avait monté en moi pendant deux heures. Enfin il était là, le bras de la loi, prêt à remettre de l'ordre dans le monde.

Hélas, je dus prendre l'agent par surprise, je devais m'être approché trop brusquement, car, lorsque vint sa réaction, la jeune femme carra les épaules et ajusta sa ceinture de service, doigts caressant d'un geste familier son pistolet, la matraque, la bombe de gaz lacrymogène et les menottes. Sans compter qu'elle se retourna si précipitamment qu'on aurait cru que c'était moi le coupable. Ou plutôt un coupable. Un coupable potentiel.

Nous en étions donc là. Le soleil me tapait sur la nuque. Je tentai de sourire mais n'y réussis pas entièrement, tant j'étais tendu. Le fait que je sois beaucoup plus grand qu'elle, avec mon 1,92 mètre face à son 1,68 mètre ou 70, n'arrangeait rien. Il fallait ajouter qu'elle paraissait trop jeune pour être flic, et sans doute un peu plus enrobée qu'il ne l'eût fallu – j'en vins pour cette raison à penser à toute la malbouffe qu'elle avait dû avaler à la hâte pendant ses heures de garde passées à recueillir les déclarations de citoyens sens dessus dessous parce que leur petit monde sûr et protégé venait de se casser comme une noisette.

Elle me surprit alors en m'adressant le sourire que je ne réussissais pas à arborer et un regard doux et chaleureux, porté par des yeux de la couleur des caramels que, de temps à autre, Leah préférait à un dessert. « Vous êtes l'homme dont la voiture n'est plus là ? demanda-t-elle.

— Oui », répondis-je. L'instant d'après, je relâchai un véritable flot de paroles : je débitai tous les détails dont je pus me souvenir, de la description de la voiture et de son numéro d'immatriculation jusqu'à l'endroit où je l'avais garée puis à la façon dont j'avais passé ma matinée et le fait capital – corrosif à souhait – que Bidderbells se trouvait sur la banquette arrière, otage du ravisseur.

L'agent Mortenson m'écouta mais n'écrivit rien sur son carnet, hormis la marque, le modèle et le numéro de la plaque. Quand je fus à bout de souffle, elle dit : « Revenons un peu en arrière. Votre nom ? Et j'aurai aussi besoin d'une adresse et d'un numéro où vous joindre. »

Quand elle eut mis les informations noir sur blanc elle se redressa et jeta un coup d'œil panoramique aux parages, scannant au passage les visages des clodos – à qui mon affaire procurait un divertissement –, puis elle revint à moi. « Bon, dit-elle. Allons regarder cette vidéo, si vous voulez bien ? »

Nous marchions à l'unisson, plongeant dans l'ombre de l'immeuble du parking, lorsqu'il me revint quelque chose. « Il n'y a pas que la voiture, et la chienne. Je viens de me souvenir que mes clubs de golf se trouvent dans la malle. Et mon équipement de pêche. Dont ma canne pour la pêche à la mouche… vous comprenez ? Que mon grand-père m'a offerte. Je veux dire… artisanale… en bambou. Pour ainsi dire irremplaçable. »

Elle me lança un regard de biais et je ralentis le pas pour rester à sa hauteur. « Vous dites qu'il a des tatouages ? »

Dans mon égarement, je crus un instant qu'elle parlait de mon grand-père, mais je compris vite mon erreur et acquiesçai d'un signe de tête.

« Ne vous inquiétez pas, déclara-t-elle. Nous retrouverons bientôt votre voiture, votre chien et vos clubs de golf. Vous voulez savoir ce que je crois ? Je suis sûre que ce type a un casier et que ses tatouages vont le trahir. »

J'aurais voulu la remercier, la remercier avec effusion, lui avouer que je me sentais beaucoup mieux, que j'appréciais son aide dans la prompte résolution de cette affaire, mais j'étais obnubilé par Leah, par la chienne, par ce qui arriverait si l'agent Mortenson se trompait. Ou, disons, si elle péchait par excès de confiance en soi. Oui, disons les choses de cette manière.

Le jeu de la culpabilité

En fin d'après-midi, après le travail (je suis consultant pour une ou deux grosses boîtes vinicoles de la Côte Centrale en Californie), j'aime me verser un verre de vin, mettre un peu de musique et attendre le retour de Leah avant que nous décidions ensemble quoi préparer pour le dîner. La moitié du temps, nous allons au restaurant. Nous ne sommes pas des gourmets, mais il y a quantité de bons restos dans notre petite enclave touristique sur la côte, et nous avons l'embarras du choix. Sans compter que nos deux cantines préférées sont accessibles à pied depuis notre appartement. Cet après-midi-là, celui du vol de la voiture et du rapt de la chienne (intentionnel ou pas), je suis rentré tard, car, ayant décliné l'offre de l'agent Mortenson de me reconduire chez moi, je fis le trajet à pied, un bon kilomètre tout au long duquel je ne fis pas un pas sans penser à Leah : son air bouleversé, incrédule lorsqu'elle apprendrait la nouvelle, l'accablement tragique qu'exprimeraient ses pincements de lèvres et plissements des yeux, son incroyable capacité à passer en un clin d'œil du choc au chagrin puis à la condamnation, son art consommé de me faire sentir coupable. Certes, quand elle rentra, j'avais déjà sifflé un demi-litre d'un délicieux pinot de Santa Rita Hills : mais qui pouvait me jeter la pierre ? Ah, quelle journée ! Et elle était loin d'être finie.

À propos de Leah : elle a trente-sept ans, un an de plus que moi ; elle travaille pour une femme plus âgée, Marjorie Biletnikoff, directrice d'une entreprise de design d'intérieur dans le centre-ville. Cette femme est sujette à de fréquents accès de colère. La plupart du temps, ça va (rendez-vous avec des clients, choix de tissus, de tapis, d'antiquités, ce genre de trucs), mais, régulièrement – au rythme d'une fois par semaine, semblerait-il – la situation se corse, Marjorie Biletnikoff perd totalement le contrôle (pour autant qu'elle maîtrise ses nerfs en temps normal) ; bref, elle a tendance à passer ses frustrations sur Leah. Il se peut que je me fasse des idées mais, dès l'instant où j'ai entendu la clé tourner dans la serrure, dans la façon qu'eut Leah de la planter dans la serrure puis dans son mouvement vengeur du poignet, je crus déceler que ç'avait été jour de grand vent.

La porte ouverte d'un coup se referma violemment et Leah, sans marquer un temps d'arrêt dans le vestibule, déboula dans la cuisine, où je me tenais debout devant le plan de travail, un verre à la main. Ni l'un ni l'autre ne dit quoi que ce soit, pas de bécot, pas d'embrassade ou quoi que ce soit de ce que nous faisions d'habitude car, dès qu'elle apparut à la porte, j'annonçai « Il y a un problème ». Elle répliqua du tac au tac « Tu es ivre » et, instantanément, je fus sur la défensive.

Quand, enfin, je lui annonçai qu'on m'avait volé la voiture au parking en face de la bibliothèque, elle s'adoucit et dit tout bas « Oh, James, c'est horrible », tout en allant au buffet se verser un verre de vin. « Ça a dû te ficher un coup.

— Ouais. » Je détournai les yeux. « Mais ce n'est pas tout. »

Elle se retourna, verre dans une main, ayant pris la bouteille par le goulot avec l'autre, avant de marquer une pause, regard noir rivé sur moi.

« Ils ont pris Bidderbells, avouai-je. Je veux dire… elle était dans la voiture. Ils ne s'en sont même pas aperçus. Et la police… Je suis allé à la police… Les policiers ont dit qu'ils…

— Qu'est-ce que tu es en train de me dire ? Que tu as emmené ma chienne… à la bibliothèque ? Et tu l'as laissée dans la voiture ? Et tu… tu… tu l'as perdue ? » L'implicite dans tout cela, porté par un ton accusatoire qui n'était vraiment pas ce dont j'avais besoin à ce moment-là et que je n'aimais pas particulièrement non plus, c'était le lien très fort qu'elle entretenait avec Bidderbells, une chienne secouriste qu'elle avait adoptée après son divorce, la chienne qui lui avait littéralement sauvé la vie quand elle était si déprimée qu'elle n'avait plus qu'une envie, se tuer, tout le temps : rien sur cette terre ne semblait plus valoir la peine d'être vécu. Jusqu'à ce qu'elle aille au refuge et voie cette adorable créature, avec ses grands yeux et ses pattes de devant duveteuses, plantées sur le grillage comme pour, comment dire… comme si elle voulait lui briser le cœur, etc.

« Ce n'est pas ma faute. Comment aurais-je pu savoir ? Je suis aussi choqué que toi. »

Très lentement, Leah reposa la bouteille sur le plan de travail et le verre vide à côté. Je suivis le jeu des émotions sur son visage, comme si une chose prisonnière sous sa peau essayait de sortir.

Je lui adressai un regard suppliant. « Tu sais bien que nous ne pouvons pas la laisser seule ici dans cet appartement.

— Pourquoi ? Pourquoi es-tu même sorti ? Je croyais que tu devais *travailler*… ! »

Serrant les lèvres, je désignai la fenêtre et, au-delà, le chantier. « Le boucan, expliquai-je. Je n'arrivais pas à me concentrer. »

Je crus qu'elle allait lâcher une pointe, se lancer dans une diatribe, comme si j'étais le criminel et non ce loser aux tatouages qui avait tout déclenché, or, évitant de me regarder, elle lâcha tout bas « Merde ! » et emplit son verre.

Le coup de fil dans la nuit

Le dîner se limita à des sandwiches arrosés de vin et d'eau du robinet : Leah était beaucoup trop perturbée pour vouloir sortir. Nous essayâmes de regarder un vieux film à la télé, une comédie loufoque avec des gens qui entrent et sortent de pièces à tout bout de champ en se trompant sur l'identité des autres personnages, avec Jean Arthur cachée dans une penderie. Nous ne réussîmes pas à nous y intéresser. Leah, tracassée, n'arrêtait pas de faire les cent pas, verre de vin porté en avant comme un capteur d'humeur ; et, à notre insu, nous bûmes plus que de raison : trois bouteilles en tout. Leah n'arrêtait pas de répéter, en boucle : « Le flic a bien dit qu'il appellerait, n'est-ce pas, s'il y a du nouveau ? » Et je n'arrêtais pas de la corriger quant au pronom : « Elle. Je te l'ai dit, c'est une femme flic. L'agent Mortenson.

— Pas *Julie* Mortenson ? »

Du canapé, je vis Jean Arthur trembloter à l'écran. « Je ne sais pas. Elle n'a pas précisé son prénom. C'est "l'officier Mortenson", je ne sais rien d'autre.

— Merde, lâcha Leah, faisant brusquement cul sec. Il ne manquait plus que ça. Il fallait que ce soit elle, *Julie Mortenson*... !

— Quoi ? Tu la connais ? »

Furibonde, regard haineux concentré sur moi : « Si je la connais ? C'est une traîtresse de première et une garce, voilà qui c'est. Elle n'a pas arrêté de me chercher des noises dans l'équipe de volley au lycée, à tel point que j'ai dû partir, et après, sans crier gare, elle m'a fauché mon petit ami en dernière année, le petit ami avec qui je sortais depuis… genre… la première année, Richie, Richie Lopez… Si c'est la même Julie Mortenson… Mais combien peut-il y en avoir dans une ville de cette taille ? »

C'est alors que retentit la sonnerie du téléphone.

Je ne dirais pas telle une bombe qui explose, parce que c'est un cliché, mais la conversation s'arrêta net. Je me levai pour répondre.

« Mr. Mackey ?

— Oui ?

— Agent Mortenson à l'appareil. Nous n'avons pas encore localisé votre véhicule mais nous avons retrouvé votre chienne. »

Je répondis quelque chose comme « Ah, Dieu soit loué ! », tout en mimant l'information à Leah, dont le visage, dans l'expectative, s'était figé.

« Apparemment, le suspect l'a relâchée sur l'échangeur de Glen Annie Road. Un témoin de la scène s'est arrêté pour prendre la chienne, sinon les choses auraient pu mal tourner pour elle. »

J'essayais d'intégrer l'information, me représentant la chienne qui, sans l'intercession d'un bon Samaritain ami des bêtes, aurait été écrasée sur l'autoroute, lorsque l'agent Mortenson ajouta : « La chienne… Bidderbells, c'est ça, un croisé basset… ? Elle est au refuge de Turnpike. Il vous suffit d'une pièce d'identité pour la récupérer.

— Mais je ne peux pas… Je veux dire : j'ai pris, disons… un verre de vin en mangeant. Et je préfère ne pas… Vous savez. Prendre le volant… »

Mortenson se mit à rire – un rire qui était comme du miel réchauffé lentement au micro-onde. « Je voulais dire… demain matin. En semaine, ils ferment à cinq heures. Ils ouvrent à huit, je crois… vous pouvez vérifier sur Internet. »

J'aurais été soulagé si je n'avais pas été sous le feu du regard de Leah, ses traits concentrant toute la tension et les reproches des heures passées. Je baissai les yeux, scrutai le tapis. Je rapprochai le téléphone de ma bouche. « D'accord, répondis-je. Merci infiniment. C'est formidable. » La conversation aurait dû se terminer là si le vin n'avait pas empâté mon cerveau au-delà de ma langue. « Pourrais-je vous poser une question ? » demandai-je, bercé par le rythme patient de la respiration de l'agent Mortenson à l'autre bout du fil. « Votre prénom est-il Julie, par hasard ? »

Pendant le silence qui suivit j'eus le temps de comprendre que j'avais dépassé les bornes, à essayer de faire dériver sur le plan personnel ce qui était une transaction purement officielle, administrative. Mais la voix revint néanmoins, douce, quasiment mielleuse. « C'est Sarah », répondit-elle, avant de raccrocher.

Le voleur démasqué

Le lendemain matin, Leah m'en voulait encore. Elle prétendit n'avoir quasiment pas dormi, n'ayant cessé d'imaginer Bidderbells enfermée dans une cellule en compagnie de chiens errants, des pitbulls et Dieu sait quels autres monstres. Me rendais-je compte que, depuis que Bidderbells était entrée dans sa vie, elles n'avaient jamais passé une nuit loin l'une de l'autre ? Jamais ?

Je l'ignorais et fus navré de l'apprendre. Je m'abstins d'autres commentaires, peu désireux que j'étais de la provoquer, alors que mon propre chagrin était d'une nouveauté délétère, que la simple perte d'une voiture au profit d'un malfrat était loin de définir. Le petit déjeuner fut glacial et avalé à la va-vite. Comme je devais conduire Leah à son travail avec sa voiture pour ensuite aller récupérer la chienne, nous avions déjà quitté l'appartement à sept heures et demie, et, à huit, j'étais au refuge – huit heures pile. La chienne arriva en tâtonnant sur le lino du couloir, en laisse, laisse tenue de main ferme par une femme dénuée du moindre sens de l'humour, qui me fit signer un formulaire et payer une amende parce que le permis de Bidderbells était périmé. Je me retrouvai ensuite dans la Honda puis à la maison, où, assis à mon bureau, je tentai de travailler malgré le raffut du chantier d'en face. La chienne paraissait en bonne forme et mangea d'un appétit vorace, bien que, d'après l'un des témoignages, le voleur était censé l'avoir jetée par la portière lorsque la voiture était encore en mouvement.

L'agent Mortenson appela encore à 14 h 30. J'étais plongé dans mon travail : une proposition d'extension des Vignobles Escalera sur la pente méridionale de la propriété que ceux-ci avaient l'intention d'acheter au propriétaire du ranch voisin. D'abord, je n'entendis pas la sonnerie. Un bruit lointain, seulement, finit par m'extraire de ma transe, à ce qui – j'imaginais – devait être la cinquième ou sixième sonnerie. Pas grave. Au bout du fil, la voix douce, douce ô combien de Sarah Mortenson ne trahit pas la moindre impatience.

« Mr. Mackey, j'ai de bonnes nouvelles. Nous avons localisé vos clubs de golf, ou du moins nous pensons que ce sont les vôtres. Vous allez devoir venir les identifier. Le suspect est incarcéré. »

J'étais encore dans les vignes. Je bafouillai une réponse.

« En réalité, il était déjà incarcéré, il a été arrêté tôt ce matin pour ivresse sur la voie publique, et nos recherches d'hier ont porté leurs fruits. »

Mon humeur s'améliora sur-le-champ. « Vous avez donc retrouvé ma voiture ? »

Un silence. « Malheureusement, non. Le suspect… il est connu de nos services : petit délinquant, un casier long comme le bras… Il admet avoir volé la voiture mais prétend ne pas se rappeler ce qu'il en a fait. Il a vendu les clubs de golf à deux autres suspects, qui ont essayé de les fourguer chez Herlihy's, près du golf public… »

Je l'admets, j'ai tendance à m'emballer. Un autre aurait sans doute accepté cette menue infraction, le vol de biens ayant appartenu à feu sa mère et à feu son grand-père sans sourciller, mais, dans le feu de l'action, je fus incapable de lâcher l'affaire. Je voulais absolument récupérer ma voiture. Ma canne à mouche. Et je voulais un châtiment exemplaire. « Comment s'appelle-t-il ? demandai-je. Le voleur de voitures ? Le "Tatoué" ?

— Nous ne pouvons divulguer cette information. Pas à ce stade de l'enquête.

— Voyons, Sarah. C'est moi, la victime dans cette affaire. »

Un nouveau silence, qui se prolongea, cette fois. Écoutant la respiration de l'agent Mortenson, je me représentai ses yeux caramel et l'eyeliner qu'elle portait en service pour accentuer leur profondeur. « Reginald Peter Skloot, finit-elle par lâcher. Alias "Le Chien fiché". »

County

« County » était le diminutif employé par les habitués de la prison départementale – détenus, membres de gang, matons et avocats –, la San Roque County Jail. Telle était la résidence temporaire du type qui avait volé ma voiture et le chien de ma copine, le seul lien possible avec l'emplacement possible dudit véhicule et du contenu de son coffre. J'étais déjà venu à County, au méchant vieux temps des cuites carabinées avant que je ne rencontre Leah : une fois, je dus en faire sortir un pote qui y avait passé la nuit, ayant écopé d'une amende pour conduite en état d'ivresse (après qu'il m'avait reconduit chez moi) ;

une autre fois, j'avais à mon tour écopé d'une amende : d'ordinaire, je ne prenais pas le volant après avoir bu plus de trois ou quatre verres – sauf cette fois.

Quoi qu'il en soit, l'agent Mortenson – Sarah – m'avait conseillé de ne pas m'approcher du Chien fiché, le suspect, car je ne ferais qu'aggraver les choses en voulant lui parler : cela pourrait même me mettre en danger à l'avenir et ne servirait vraiment à rien. Naturellement, ni une ni deux, le surlendemain, après avoir conduit Leah au travail, je me rendis à County, aux heures de visite, me disant que le Chien fiché aurait peut-être pitié de moi et me dirait ce qu'il avait fait de ma voiture, surtout qu'un ami avocat m'avait informé que ce salaud avait sur son compte de l'argent versé par une assurance (moto, virage, gravier…) : et quand il serait condamné – il le serait, aucun doute là-dessus –, je pourrais soumettre une réclamation et lui ponctionner son pactole. Dent pour dent. Bien sûr, j'avais une autre raison d'aller là-bas : je voulais le regarder en face, ce sac à merde écervelé qui avait causé du tort à un inconnu (moi), à qui il en avait fait voir de toutes les couleurs avec pour conséquence que sa copine et colocataire ne lui adressait plus la parole, parce que prétendait-elle, elle ne pouvait plus lui faire confiance. Et pourquoi ça ? Parce que son jugement n'était pas sain. Mortellement malsain. Dans l'état des choses, elle était en train de réévaluer sa relation de couple du point de vue de ce qu'elle donnait par rapport à ce qu'elle recevait en échange. Il pouvait (je pouvais) remercier le ciel que Bidderbells n'ait pas souffert physiquement. Par contre, Leah percevait des signes, des signes inquiétants de séquelles psychologiques. La chienne mangeait de façon compulsive, elle était agitée, pissait en catimini dans le cagibi et avait tellement mâchonné la meilleure paire de souliers de sa maîtresse, qu'elle était désormais bonne à jeter.

Voilà ce que le Chien fiché m'avait infligé. Je voulais donc récupérer une partie de ma mise – ou, du moins, le regarder droit dans les yeux, voir éclater sa vulgarité et la honte dans son regard.

Je n'étais pas nerveux ou, plutôt, je n'étais pas particulièrement nerveux mais, quand je montrai ma pièce d'identité à l'accueil et passai par le détecteur à métaux, tout à coup j'eus peur que quelqu'un ait payé sa caution ou qu'il refuse de me rencontrer (au fond, qu'avait-il à y gagner ?). Mes craintes étaient infondées. Un gardien désigna à mon intention une chaise devant une vitre qui faisait partie d'une longue succession de chaises et de vitres, et c'est alors que je le vis, le Chien fiché, le chapardeur, assis en face de moi. Il avait à peu près mon âge ou peut-être un ou deux ans de moins, et le genre d'yeux bleu glacier qui sont souvent si spectaculaires chez les bruns. Sa combinaison orange couvrait ses tatouages et parvenait même sur lui à avoir une certaine élégance ; ses cheveux étaient coupés ras mais avec de longues pattes taillées au cimeterre.

Il me jaugea un long moment de son regard prétentieux avant de se pencher vers le passe-son pratiqué dans la vitre de séparation : « Me dites pas, s'exclama-t-il, que c'est vous, mon avocat !

— Non (j'eus beau essayer de soutenir son regard, je dus baisser les yeux). Je suis la victime.

— La victime ? De quoi vous parlez ? Victime de quoi ? »

Levant les yeux et croisant le regard bleu magnétique qui avait dû le tirer d'une kyrielle d'infractions mineures et pas-si-mineures-que-ça, je répondis : « Votre victime. » Je marquai une pause pour lui laisser le temps d'assimiler l'information. « C'est ma voiture que vous avez volée. Avec la chienne de ma copine dedans. »

Il se contenta de cligner des yeux : aucune excuse, aucune expression de honte, pas même la reconnaissance des faits. Comme j'étais tendu, je ne pus m'empêcher de faire un petit laïus sur ce que cette affaire m'avait coûté, sur les plans émotionnel et financier ; et, si je lui ai donné tous les détails, Leah, Bidderbells et la canne à pêche de mon grand-père, désolé mais, dans une société comme la nôtre, où tout n'est que gratification immédiate et où on ignore son voisin, il faut bien que chacun assume la pleine responsabilité de ses actes. Je n'appréciais pas ce qu'il m'avait fait et je le lui fis savoir.

Et je dois avouer que son attitude me surprit. Je ne parlai pas dans le vide ; à un moment donné, il hocha même la tête en signe d'approbation. Je m'étais attendu à ce qu'il se récrie violemment, recoure à la menace, qui sait. Mais non. Tête baissée, il murmura : « Désolé, mec. J'avais pas réfléchi, tu me comprends ? »

La confession

« Écoute, depuis mon accident... ça va plus dans ma tête... Et me dis pas que ça en a pas l'air, parce que je sais que ça cloche, c'est la vérité. Tu veux savoir ? J'étais même pas défoncé, et j'avais pas picolé ou je sais pas quoi quand j'ai vu ta bagnole garée là... et je jure que je savais pas qu'il y avait un chien sur le siège arrière. Pas sur le moment, en tout cas. Mon père, avant qu'il se suicide, il avait la même bagnole... ou peut-être pas exactement pareille... mais tu me comprends. Ça a fait tilt dans ma tête. Genre : c'est le moment de se payer une petite virée. Mais tu as raison, mec, j'ai pas pensé à toi, à personne ou aux dommages que je causais, j'étais simplement ailleurs...

— Où est-elle, alors, ma voiture ?

— Pour de vrai ? Je me souviens plus.

— Et si je te disais que j'ai un ami avocat qui affirme que je pourrais récupérer l'argent sur ton compte en banque en guise de dommages... ça t'aiderait peut-être à te rappeler ?

— Oh, mec, fais pas ça. J'ai assez de problèmes. Tu t'en doutes. Mais, hé, je te suis 100 % sur ce coup-là... Sauf que je me souviens de rien parce que, tu vois, pardonne-moi... mais la monnaie et les billets dans ta boîte à gants... ? Je les ai pris pour boire un coup, je suis désolé. Et puis quelqu'un avait de l'oxy...

— Tu ne vas donc rien me dire ?

— Si... si. Je vais te dire quelque chose : cette fliquette, elle t'a vraiment à la bonne. »

Leah me manque

Leah me manque vraiment – vous connaissez ce sentiment de vide sans fond qui vous assaille dès le réveil, dès l'instant où vous ouvrez les yeux… ? Bidderbells me manque aussi ; il faudrait être sans cœur pour vivre avec cette chienne pendant toute une année et ne rien ressentir pour elle, même si c'est le genre de bête qui, comme elle mâchonne les coussins et fait ses besoins sur le carrelage de la cuisine, vous oblige à l'emmener à la bibliothèque avec vous. Dans votre voiture. Qui attend tranquillement à l'ombre d'un parking qu'un individu de la trempe de Reginald Peter Skloot vienne la reluquer avec son regard bleu glacier. Mais il faut aussi dire que, sans cette succession particulière d'événements – et de leurs séquelles –, je n'aurais peut-être jamais découvert à quel point ma copine en résidence était intolérante, injuste et agressive. C'est ce qu'on appelle l'expérience.

Ai-je récupéré ma voiture ? Non. Obtiendrai-je jamais une compensation financière de la part du Chien fiché ? C'est une question de temps. De temps géologique. Les glaciers se reformeront avant que mon ami avocat (qu'on me permette de le nommer dans ces pages : il s'appelle Len Humphries) ne sorte un chèque de la poche intérieure de sa parka à la fermeture à glissière remontée jusqu'au col et avant que tous trois, Len, le Chien fiché et moi, nous rendions au pub le plus proche pour déguster le verre de la victoire.

Ma nouvelle voiture est un modèle plus récent que la précédente, plus difficile à voler, plutôt anodine, un engin que personne ne remarquerait même s'il avait les vitres baissées et une chienne assise sur le siège arrière. L'autre soir, je venais de la garer devant mon appartement après une virée dans la Santa Ynez Valley pour rencontrer les gens d'Escalera, lorsqu'une voiture de police vint se garer derrière moi. L'agent Mortenson ouvrit sa portière d'un coup et en sortit, ajustant sa ceinture de service du mouvement qu'on les femmes quand elles se glissent dans une gaine. Je remarquai qu'elle était maquillée, qu'elle avait changé sa coiffure, et même perdu un peu de poids, peut-être ? Après m'avoir salué, elle me dit qu'elle était vraiment navrée, mais que la police n'avait aucune nouvelle de ma voiture. « Vous voulez savoir ce que je pense ? fit-elle. Ils l'ont emmenée directement à Tijuana. Ou quelqu'un l'a dépiautée.

— Dépiautée ?

— Vous savez bien. Pour les pièces détachées... Comme chez ce garagiste à côté de chez vous. C'est une arnaque. Une honte, à vrai dire.

— Mais je vois que vous, vous avez encore la vôtre », dis-je, indiquant du menton la voiture de patrouille toute luisante garée à côté. « Une Crown Victoria, ou je me trompe ? »

Elle rit. « Sûr. Toute à moi. Sauf que je dois la partager avec six autres agents. »

S'ensuivit un silence au cours duquel les petits bruits de la rue s'imposèrent discrètement à nous : le bourdonnement d'une radio au loin, une fenêtre que quelqu'un fit claquer en la refermant, des bribes de conversation flottant comme la fumée sortant de la bouche par temps froid.

« Au fait, est-ce que je vous ai raconté ce que je fais comme boulot ? » demandai-je, suivant son regard qui descendit le long des façades pour aller se fixer sur un petit groupe de clodos qui, à ce moment-là, s'installaient pour la nuit sous l'auvent du garage de pièces détachées à côté. J'attendis que son regard revienne se fixer sur moi et qu'elle fasse non de la tête.

Crépuscule doré, soleil rasant le sommet des bâtiments au-dessus de nous, illuminant les fenêtres de bas en haut à l'autre bout de la rue. Une brise légère montant de l'océan. Les oiseaux fusaient dans les palmes comme des lingots de cuivre. « Tenez, dis-je, sortant ma carte de visite de mon portefeuille et la lui tendant. C'est moi, ça. Je travaille dans l'industrie vinicole. Je ne me qualifierais pas de connaisseur, quoique… au fond… mais je me demandais… »

Je l'observai triturer la carte dans sa main comme elle l'eût fait d'une pièce à conviction. Puis elle me sourit.

« Je me demandais… le vin, vous aimez ça ? »

Un mort en moins

Riley n'aimait pas les chiens, ou pas particulièrement. Ils ressemblaient trop aux enfants (Dieu soit loué, il n'avait pas d'enfant) : ils salissaient tout, apportaient la confusion et occasionnaient des dépenses imprévues. Or il y en avait un, là, une roquette au pelage complexe, catégorie trente/trente-cinq kilos, l'oreille tombante et un œil qui disait zut à l'autre, aboyant, d'un aboiement interrogateur, au bout de sa chaîne tendue au maximum. Derrière lui, dans l'allée, Caroline passa la tête, livide, par la fenêtre de la voiture. « Tu ne vas tout de même pas me dire que c'est *ici* !

— Attends de voir l'intérieur », cria-t-il en se retournant. Les aboiements explosifs du chien aggravaient la morosité du jour gris et frisquet pour la mi-mai.

Il avait loué la maison pour une semaine car les rares hôtels du coin affichaient complet en raison de la remise de diplômes sur l'autre rive de l'Hudson, à West Point, et il refusait catégoriquement d'aller à New York, ce que Caroline désirait ardemment – mais pas question de céder. Il détestait la ville. Il honnissait le bouillonnement humain, le raffut, la cohue, les gens qui tous voulaient tout en même temps. Il aimait la simplicité, la nature, le panorama du fleuve à ses pieds, la possibilité offerte à son regard de se porter jusqu'aux montagnes boisées de l'autre rive, qui, à l'exception de la ligne de chemin de fer – et qu'était-ce, là… une citerne de pétrole ? – devait ressembler à ce sur quoi Henry Hudson avait posé les yeux au XVIIe siècle. Soudain, il se sentit léger. Tout allait pour le mieux dans le meilleur des mondes. Sauf le chien. Et Caroline.

Mais Caroline aimait les chiens : elle était déjà sortie de la voiture et, ses talons piquant la pelouse mouillée, elle appelait le chien d'une voix enfantine et claquait la langue. « Ah, bon chien, c'est un bon chien, ça, hein ? Un très bon chien », roucoula-t-elle. Puis il se retrouva là, le chien servile, à ses pieds, renversé sur le dos pour qu'elle lui caresse le ventre avec une main sur laquelle elle avait dépensé deux cents dollars en manucure. Une bonne minute s'écoula ainsi – Riley planté là à regarder le spectacle, pas tout à fait avec la fierté du propriétaire qu'il avait ressentie aux premiers temps de leur mariage quatre ans plus tôt, mais avec une espèce de vague intérêt routinier, ce même intérêt émoussé et détaché qui lui permettait tout juste de se lever le matin. Son épouse se tourna vers lui et dit, de sa voix toute douce de petite fille : « Ce doit être le nouveau chien de Meg et Brian. Je me demande pourquoi ils n'ont rien dit. Je me rappelle le précédent… quand ils sont venus nous rendre visite la fois… tu sais ? Celui qui est mort… Il me semble me rappeler un berger allemand… N'était-ce pas un berger allemand ? »

Il haussa les épaules. À ses yeux tous les chiens se ressemblaient. Meg avait dit qu'elle rentrerait du travail vers seize heures pour lui donner les clés de la location, qui appartenait à leurs voisins directs, un couple âgé parti faire une sorte de périple culinaire d'un mois en Toscane. Mais il était déjà seize heures trente et aucune voiture n'était garée dans l'allée – sans compter que la maison de Meg (modeste, un étage, bardeaux gris, sous-sol inondé deux fois en un an après des orages en amont) paraissait abandonnée. Hormis le chien, de toute évidence celui de Meg, puisque sa chaîne était accrochée à un piquet de son côté de l'étendue de pelouse commune aux deux maisons : si Meg avait été chez elle – ou Brian –, le chien aurait été à l'intérieur.

« Appelle-les, veux-tu ? » demanda-t-il. Il observa Caroline se redresser et chercher son portable dans son sac. Lui-même n'en avait pas – il méprisait les nouvelles technologies, leur mainmise sur les gens, et il ne voulait pas que les sbires du pouvoir fédéral suivent ses moindres déplacements. Et pourquoi ne pas les autoriser à vous attacher un bracelet électronique à la cheville ! Comme les loups ou les assignés à domicile. Mieux encore : pourquoi ne pas se faire tatouer son numéro de sécurité sociale sur le front !

Encore svelte, jambes sculptées à la salle de sport s'affinant jusqu'aux souliers à talons vernis noirs, Caroline, portable collé à l'oreille, s'était détournée de lui, comme pour se ménager une bulle d'intimité. Une scène d'une grande beauté, Caroline debout sur fond de l'Hudson ! Il aurait pu prendre une photo – s'il avait eu un portable. Mais à quoi auraient servi ces photos ? Personne ne les regarderait jamais. Ce n'était pas comme avant, quand il était gamin, à l'époque du Polaroïd. On prenait une photo et on l'avait de suite dans la main, après quoi on la classait dans un album photos. Aujourd'hui ? Toutes les photos étaient « nuagiques », elles flottaient dans le cloud, et l'Agence nationale de la sécurité n'avait plus qu'à les télécharger à loisir. À son bon plaisir.

Loisir et plaisir. Riley aimait la sonorité de l'association de ces deux mots, discrète psalmodie jouée dans son crâne tandis qu'il attendait que Caroline se retourne et lui dise que Meg ne répondait pas, et Brian pas davantage.

Il se mit à pleuvioter. Ce qui eut pour effet d'intensifier encore la verdure exceptionnelle des environs – et cela lui plut : il aimait ce temps-là, il aimait ce paysage, mais les épaules de sa veste sport toute neuve paraissaient étrangement spongieuses et sa coiffure, la banane modifiée qu'il continuait d'affecter, menaçait de s'effondrer sur son front. Il lâcha un juron. « Et quoi, maintenant ? s'exclama-t-il. Merde. Elle avait *bien* dit seize heures, non ? »

Quelque chose dans son intonation fit redémarrer les aboiements du chien, enfonçant un nouveau pieu dans l'humeur grincheuse de Riley. Il était sur le point de faire volte-face, de remonter dans la voiture et à la recherche d'un bar dans les parages, lorsque la petite auto générique métallisée de Meg s'engagea avec un sifflement dans l'allée voisine ; il avança vers elle, bêtement, car il se plaça ainsi dans le rayon d'action du chien, qui, se levant sur ses pattes arrière, macula de boue, avec un ravissement évident, son pantalon blanc en lin et, par-dessus le marché, manqua de lui faire perdre l'équilibre. « Merde ! » Il repoussa le chien et tenta en vain d'ôter la boue, dont une partie se transféra néanmoins sur ses mains. Mais était-ce bien de la boue ou la matière qui lui avait servi de juron ?

Quelle importance, cela dit ? Qu'importait que sa veste soit trempée, son pantalon foutu et qu'il ait sous les ongles une substance marron dont la nature restait à déterminer ? Il n'était pas venu exhiber son sens prononcé de l'élégance vestimentaire, dîner avec des célébrités ou se soumettre à une interview devant une meute de journalistes. Non, il était venu car Lester était mort. Il était venu assister à l'enterrement d'un vieil ami.

Une chose, parmi tant d'autres, que Caroline ignorait, c'est qu'il avait eu une liaison avec Meg autrefois, bien avant leur rencontre – et même avant ses premier et, a fortiori, deuxième mariages. D'ailleurs, l'aurait-elle su, il doutait qu'elle s'en serait beaucoup souciée : au pire elle s'en serait servie comme d'une bombe à fragmentation lors d'une de leurs querelles de plus en plus acrimonieuses, et toujours pour des riens : à qui était-ce le tour de vider la litière ? Pourquoi en avaient-ils besoin, d'ailleurs, puisque les chats pouvaient faire leurs besoins à l'extérieur ? Mais non, insistait Caroline, tel était précisément le genre de raisonnement qui menait à la disparition des oiseaux : comment pouvait-il être aussi aveugle ? Dans son aveuglement, il objectait, de son côté : *Quels oiseaux ? Il ne reste plus que des corbeaux ici. Des corbeaux et encore des corbeaux.* Et elle : *CQFD.* Qui, comme par hasard (c'était pratique, bien sûr), avait oublié de faire le plein ? D'acheter du fromage au marché ? Et pas du bleu, qui avait un goût de savon, mais un bon gruyère ou un emmental ? Ou bien encore, elle n'aimait pas la façon dont il prononçait Cary, le prénom de son frère, qui ressemblait à Carry dans sa bouche, alors qu'à Buffalo, on prononçait Kierie.

À qui la faute ? À l'ennui, supposait-il : ils étaient tous deux enfermés dans leur ferme du XVIIIe restaurée dans un cadre tellement idyllique que c'était comme habiter une tombe. Ce qui lui allait : après tout, il était romancier, producteur de romans à la frange supérieure de la catégorie « moyen public ». Comme il aimait à le dire avec une certaine amertume : il avait choisi de s'isoler pour le bien de son écriture – or, les travaux de restauration étant achevés, après que Caroline eut choisi les antiquités, les tapis, les garnitures de foyer, creusé les parterres de fleurs et paysagé le côté rue de leur propriété de deux hectares sept, à quoi aurait-elle bien pu se consacrer ? Décider d'habiter à la campagne, c'était choisir l'isolement. Or sa troisième épouse n'aimait pas particulièrement être isolée.

Mais rien de tout cela n'avait d'importance pour l'heure car Lester était mort et Meg traversait la pelouse, venait à lui, le regard déjà ô combien éloquent. Sans réfléchir, il l'étreignit dans une accolade qui les maintint bien trop longtemps dans l'orbite chancelante l'un de l'autre, tandis que Caroline, les observant, notait que la boue qui maculait le pantalon de son époux se transférait imperceptiblement sur le jean de Meg. Il avait du chagrin, un chagrin si cataclysmique qu'il l'engloutissait. Lester n'était plus et Meg l'étreignit fort : jusque-là, il n'avait pas vraiment assimilé la mort de son ami mais maintenant c'était là, maintenant c'était pour de vrai. Riley avait toujours sacrifié ses émotions sur l'autel du « cool » : il fallait rester « cool », détaché, intouchable… Or, voilà qu'il avait les larmes aux yeux. Il aurait pu rester planté là pour l'éternité, accroché à Meg, tellement ailleurs qu'il ne put penser à rien d'autre qu'aux trois questions que Lester et lui se posaient quand ils étaient stone (*Qui sommes-nous ? Où sommes-nous ? Pourquoi sommes-nous ?*), si la voiture de Brian n'était pas apparue dans l'allée, juste dans le dos de Meg. Si Caroline ne savait pas ce qu'il avait ressenti jadis pour Meg, Brian, lui, ne devait pas l'ignorer, et cela, ajouté au souvenir de détails extraconjugaux que Brian lui avait fournis lors d'une soirée quelques années plus tôt, l'amena à se ressaisir.

Il s'aperçut qu'il pleuvait, qu'il pleuvait plus dru. Soudain, le visage de Lester lui vint à l'esprit – comme s'il avait approché une allumette d'un portrait de son ami – avant de s'estomper. Il lâcha Meg, laissa tomber les bras, recula d'un pas. « Salut, Brian, » lança-t-il, levant une main : un geste estropié, flageolant, alors que Brian ne pouvait même pas l'entendre puisque sa vitre était relevée et que son moteur tournait encore. Riley n'en ajouta pas moins : « Content de te voir ! »

La maison faisait partie d'un lotissement de douze villas construites sur une mince bande de terre entre le fleuve et la voie ferrée, un abri des années 40 transformé en habitation contemporaine de deux niveaux, cheminée, ponton, et vues panoptiques sur l'Hudson. Bien sûr, elle n'avait rien d'une ferme mais, une fois à l'intérieur, la première impression était favorable : mobilier rustique, photos de panoramas fluviaux aux murs, un télescope en cuivre pour observer les étoiles – ou saisir au vol l'éclat du regard des capitaines de remorqueurs qui, toute la journée, poussaient les péniches dont on pouvait observer le ballet incessant sur le fleuve. Sans doute la seconde impression était-elle un tantinet moins favorable (cuisine minuscule, une odeur de… quoi, de fond de cale ?) mais il fut satisfait, soulagé, de voir que Caroline, finalement, aimait l'endroit. « J'adore la vue, dit-elle, traversant l'étendue de parquet pour aller ouvrir les rideaux en grand. C'est… » Elle chercha le mot, se tourna vers lui et lui tendit les mains. S'il avait cru qu'elle allait dire « formidable », « sublime » voire « génial », il fut déçu. « C'est pas mal, » conclut-elle, avant de clarifier son propos : « Je veux dire… ça ira, non ? »

Ils préparaient leur cocktail inaugural, un vodka gimlet, la référence ultime selon Lester, lorsque le premier train passa par là. Au niveau théorique, Riley avait bien compris que la proximité des rails pourrait augmenter le niveau sonore de temps en temps, mais être confronté à la réalité était une tout autre chose. Ils entendirent soudain une détonation fracassante, un avion de chasse passant le mur du son, puis le raclement des roues, l'agression décibélique de la corne de brume et le cliquetis (type claquement de dents) des tasses, assiettes et soucoupes dans le buffet. Tout en n'ayant pas duré, en tout et pour tout, plus de dix secondes, ce tintouin réussit à faire monter en flèche sa tension artérielle, de sorte qu'il renversa le jus de citron industriel sur le plan de travail en granit que le couple âgé avait installé pour compléter la cuisine tout juste acceptable. « Merde, dit-il, qu'est-ce que c'était ? »

Caroline, sans ciller : « Un train.

— On est censé réussir à dormir, avec ce vacarme ? Mince, tu connais les horaires des chemins de fer ? Y a-t-il des trains de nuit – probablement pas, si ?

— Demande à Meg et Brian.

— Tu veux dire qu'on s'y habitue, c'est ça ? »

Elle haussa les épaules – accompagnant son geste d'un sourire pincé qui servit à rappeler à son époux que cette discussion n'aurait pas eu lieu s'ils s'étaient trouvés au douzième étage de l'Algonquin, du Royalton ou du Sofitel : les convois auxquels ils auraient été confrontés à New York n'auraient été qu'un moyen de transport, seulement ça et rien d'autre, un moyen de se rendre de la ville à ce trou perdu et retour.

« Mince », lâcha-t-il derechef, cherchant du regard des serviettes en papier, nettoyant le jus de citron – poisseux, artificiel, à coup sûr 90 % pur sucre –, lorsqu'on tapa à la porte coulissante. Meg se retrouva devant eux, encadrée par les panneaux en verre telle une madone de la Renaissance : *Notre Dame de l'Hudson*. Elle avait changé son jean pour une jupe et s'était recoiffée. Il lui adressa un signe, profitant de l'instant jusqu'à ce que la tête et les épaules de Brian pénètrent dans le cadre, suivi, à hauteur de taille, par le chien. Meg frappa de nouveau à la porte coulissante, souriante, brandissant une bouteille de vodka d'un litre soixante-quinze.

Ils burent une vodka citron en mémoire de Lester, puis une autre, après quoi ils passèrent au vin, un bordeaux d'une caisse que Riley avait apportée de Buffalo pour apaiser la disparition de Lester, ou du moins accompagner sa propre immersion dans le deuil. Il avait écrit sur la mort de façon obsessionnelle, alors que la vie lui en avait jusque-là épargné l'expérience directe – hormis celle de ses parents, mais il y avait si longtemps déjà, qu'il ne se rappelait même plus leur visage – et il trouvait le processus du deuil dans le salon d'un inconnu de plus en plus désorientant. Il tenta bien de faire la conversation, mais ça ne fonctionnait pas, pas avec Lester qui planait au-dessus d'eux comme un grand volatile aux immenses ailes. Les ombres s'épaissirent. Le fleuve prit la teinte de l'acier. Tout ce que Riley disait semblait commencer par « Vous vous rappelez quand... ? » Puis les yeux de Meg l'invitèrent à entrer en elle : avec le regard le plus patient, le plus accueillant dont il eût jamais fait l'expérience. Il était ivre, bien sûr, voilà pourquoi... et si Caroline et Brian en étaient réduits à flotter aux franges de la conversation, ils devraient faire avec, car ils ne connaissaient pas Lester depuis le tout début, alors que lui oui. Et Meg aussi.

« Tu manges tes mots », lui reprocha Caroline à un moment donné. Il leva les yeux, se demanda comment il se faisait que la nuit était tombée si vite, à son insu.

« Et si nous mangions un morceau ? » s'entendit-il demander, alors que les lumières d'une péniche voguaient sur les sombres ondulations du fleuve et que le chien, troublé par quelque chose d'imperceptible par les sens humains, se mettait à geindre.

Brian se leva du fauteuil dans le coin, un verre de vin vide à la main. Il avait une grosse tête, chenue, et Riley remarqua avec une certaine satisfaction qu'il avait pris du ventre. Il avait l'air vieux, las, l'air de mourir d'ennui. « Je vais me coucher, annonça-t-il.

— Pizza ? » Meg avait transformé cela en question. « Livrée à domicile.

— Sans moi », répondit Brian en partant d'un petit rire censé exprimer l'autodérision mais dont Riley trouva qu'il frisait l'impolitesse. Rabat-joie, ce Brian. Insignifiant. Meg était trop bien pour lui. « Mais si cela vous dit, tous les trois (Brian fit un grand geste qui les engloba tous), ne vous gênez pas.

— Je ne mange pas de pizza », rétorqua Caroline, d'une voix aussi cristalline qu'incisive : en voilà une qui ne mangeait pas ses mots (alors qu'elle avait bu autant que les autres). Elle lâcha un rire. « Ça ne fait pas partie du régime paléo.

— Tu veux dire qu'ils ne livraient pas les pizzas à domicile au paléolithique ? » Riley avait déjà fait cette blague auparavant, Dieu sait où, Dieu sait quand... Personne ne réagit. Engoncé dans un fauteuil à côté de Brian, il avait l'impression qu'il ne réussirait plus jamais à s'en extraire. Dieu sait comment il s'était retrouvé avec la tête du chien sur ses genoux : il se mit à caresser son oreille tombante.

« Nous pourrions sortir », suggéra Meg, mais Caroline fit non de la tête et lui-même s'enfonça davantage encore dans le fauteuil : il aurait du mal à monter à la chambre – alors affronter la route, les phares, la cohue, les serveurs, le menu !

C'est alors qu'ils entendirent frapper à la vitre ; le chien devint fou, il détacha d'un coup sa tête des genoux de Riley et attaqua le plancher avec les ongles : ses aboiements s'élevèrent à des hauteurs insoupçonnées jusqu'à se fondre en un hurlement ininterrompu. Riley vit de l'autre côté de la porte coulissante un visage fantomatique illuminé, le visage d'une inconnue, qui l'effraya d'autant plus.

En fait, c'était la voisine de Meg de l'autre côté et elle avait une mauvaise nouvelle, une très mauvaise nouvelle à leur apprendre. Meg fit glisser la porte. Les relents du fleuve vinrent lui chavirer l'estomac. « Allumez la télé ! » cria la femme qui, déboulant dans la pièce, fonça droit sur le poste et, sans attendre, l'alluma elle-même : Riley ne l'avait même pas remarquée, car elle était encastrée dans le mur. « Je ne peux pas y croire », entonna-t-elle tandis que les images de la catastrophe, flammes, fusées éclairantes et spectateurs ébaubis habitaient l'écran de cette façon particulière qui, réalité de tous les soirs, devenait aussi crédible que tout ce qui se passait ailleurs sur la planète. La bande qui défilait au bas de l'écran leur fournit des précisions : *Florence, Italie, 5 h 30*. « Ils ont eu Ted », déclara la voisine.

Meg lui adressa un coup d'œil incrédule. « Que dis-tu ? Qui ?

— Les *terroristes*. Je viens d'avoir un coup de fil de Nadine, expliqua la voisine, avant de fondre en larmes. C'est, je ne sais pas… Il était au mauvais endroit, au mauvais moment. » Elle avait la cinquantaine, cette femme, lourde du bas, cheveux coupés court sauf une aigrette de cheveux roses poussant sur la nuque telles des plumes. « Elle va s'en sortir, mais Ted… non. »

Très fort, en une plainte qui s'éleva crescendo, Meg nia la réalité.

« Qui est Ted ? » s'enquit Riley, intrigué, alors que la tension lui enfonçait ses griffes au creux du ventre, là où il était le plus vulnérable.

« Ted Marchant, dit Meg sans tourner la tête. Je n'arrive pas à y croire. » Et son regard sauta de l'écran à cette voisine qui venait de gâcher leur soirée. Voire leur nuit. Car la nuit était tombée. Absolument. « Quand ? demanda-t-elle. En êtes-vous sûre ?

— Qui est Ted Marchant ? »

Brian surplomba Riley avec sa grosse tête chenue, verre vide figé en l'air. « Tu es assis dans son fauteuil », dit-il d'un ton neutre.

Cela faisait donc deux morts. D'abord Lester, et maintenant cet homme. Ce Ted Marchant. Dont Riley avait dû écrire le nom sur un chèque, même s'il ne s'en souvenait pas, Ted Marchant qui avait l'habitude de s'asseoir dans ce fauteuil et qui pointait son télescope sur les étoiles ou peut-être sur les nanas aux seins nus qui se prélassaient sur un hors-bord arrimé à l'autre rive du fleuve, Ted Marchant qui avait eu la déveine, découvrirait-on plus tard, de siroter un expresso attablé à un guéridon dans un café florentin, au moment même où les tireurs vêtus de noir avaient déboulé en Ducati volées et pétaradantes, et avaient ouvert le feu. Riley n'avait jamais rencontré Ted Marchant ou sa femme, Nadine, qui avait quarante-cinq ans – mais il louait la maison du mort et toutes les choses qui lui appartenaient : il buvait même dans un verre du mort. Il en eut un haut-le-cœur.

La télévision leur parla et ils se penchèrent en avant sur leur fauteuil, observèrent les images jouer sur l'écran du mort, écoutèrent les voix des reporters, toujours la même histoire, l'histoire la plus éculée de toutes, sauf que l'une des dix-sept victimes avait marché sur ce plancher, respiré cet air humide empesté de tout un faisceau de morts, des poissons aux vers, en passant par les palourdes et les algues qui, après avoir prospéré sur une abondance de phosphates, mouraient et retournaient au néant. C'était ahurissant. Riley eut presque envie de protester – il n'était pas question de Ted Marchant, qu'il ne connaissait même pas, il s'agissait de Lester – mais, à la place, face au néant, il s'interrogea à voix haute : « Peut-être devrions-nous quitter les lieux ? »

Traits saturés par la lumière criarde, Meg se détourna de l'écran et le regarda droit dans les yeux. « Non, répondit-elle, féroce tout à coup, comme si les meurtriers étaient là, dans la pièce avec eux. Absolument pas. Vous devez rester. »

Il jeta un coup d'œil suppliant à Caroline, mais les yeux de son épouse étaient rivés sur l'écran. « Et la femme... ? Elle va revenir, elle devra – la veuve, je veux dire...

— Non, voyons ! Après ce genre d'événement... Ça va durer des semaines, des mois, allez savoir. » Sa voix se prit dans sa gorge. « Pauvre Nadine... vous imaginez ?

— Le plus étrange (la voisine qui leur avait annoncé la funeste nouvelle adressa à Riley un drôle de regard), c'est que vous-mêmes êtes venus pour un enterrement... n'est-ce pas ? » Un coup d'œil, cette fois, à Meg. « Meg me l'a dit. C'est pourquoi toute cette histoire est si... Comment dire... Ça donne la *chair de poule*... »

Il ne le nia pas. En fait, il fut parcouru de frissons jusqu'aux plantes de ses pieds superstitieux d'athée. Comme la fois en Alaska où le pilote survivant d'un vol opéré à deux lui avait raconté que son partenaire s'était écrasé en conduisant une famille d'Inuits au village voisin pour l'enterrement d'une famille tuée dans un accident d'avion la veille. Les destins s'inscrivaient-ils dans une continuité particulière ? La mort venait-elle par paire, comme les jumeaux ? Lester était mort d'un cancer de la peau, une maladie cruelle, absurde, qui avait commencé avec une cloque sur le petit orteil de son pied droit, était remonté jusqu'à son cerveau et l'avait emporté si vite que Riley n'avait même pas su qu'il était malade, et encore moins mourant. Ce n'était pas cool de mourir, ce n'était pas tendance, du moins était-ce l'opinion de Lester – qui veillait à son image, c'est pourquoi il avait tiré seul sa révérence. Et c'est ce qui était le plus douloureux. Il n'avait pas appelé, il n'avait pas envoyé de courriel, il n'avait pas écrit, il n'en avait pas soufflé un mot. Il s'était simplement traîné jusqu'à un centre de soins palliatifs en Californie et leur avait épargné à tous cette épreuve.

Plus tard, une fois que Caroline fut couchée et que Brian eut remmené le chien chez eux puis éteint les lumières une à une, jusqu'à ce que les contours de leur maison aient disparu dans la nuit, ils se retrouvèrent à trois dans le salon du mort. Le silence régnait, lumières tamisées, écran de la télé redevenu noir. C'est Riley qui prit finalement l'initiative de se lever et d'aller l'éteindre ; Meg le remercia tout bas et la voisine fit de même (elle s'appelait Anna, ou peut-être Anne ou Joanne, il ne réussit pas à bien entendre son prénom, non que ça ait eu la moindre importance : elle était la messagère de la Mort et il n'avait pas à en savoir plus). « Ces hyènes des médias ! s'exclama-t-elle, agitant la main comme pour les congédier. Vraiment, ils sont odieux. » Pendant un long moment, ils se turent : les seuls bruits demeurèrent, de loin en loin, le choc du goulot de la bouteille contre le bord d'un verre et le glouglou réconfortant du vin qui coule, jusqu'à ce que la maison se mette à trembler et à faire un bruit de ferraille : à nouveau l'explosion, le déchirement virulent de l'air, et un train passa à toute vitesse, s'éloignant aussitôt dans un ultime cri allant decrescendo.

« Oh, mon dieu, je ne m'étais pas aperçu qu'il était si tard », dit la voisine en se levant. Elle posa son verre sur le plan horizontal le plus proche : une table basse marquetée, déjà tachée d'une douzaine de balafres circulaires à moitié estompées – non que Ted Marchant s'en soucierait désormais. L'instant suivant, la voisine embrassait Meg : toutes deux en larmes, exubérantes dans leur chagrin. Ensuite, la voisine ne fut plus là et Riley se retrouva seul avec Meg. Elle le regarda et dodelina de la tête. « C'est horrible, n'est-ce pas ? »

Que répondre ? Bien sûr que c'était horrible. Effroyable. Tout était horrible – et ça empirait.

Il l'observa quand elle se pencha pour prendre son verre, se leva d'un bond et, la main sur la hanche, le vida d'un trait. L'air abasourdi, elle paraissait être en équilibre instable. Elle reposa le verre délicatement à côté de celui que sa voisine avait abandonné là. Ensuite, elle se laissa choir lourdement sur le canapé. « Viens, dit-elle, lui adressant un regard las. Assieds-toi à côté de moi. Décompresse. Quelle journée ! »

Il alla donc s'asseoir à côté d'elle et sentit sa chaleur dans cette maison qui, en raison de l'heure tardive, s'était rafraîchie. Puis il lui passa le bras autour des épaules et l'attira à lui ; ils s'embrassèrent mais, bien que conscient de l'attraction qu'elle exerçait sur lui, telle une force primaire de réconciliation et de répit, il n'y céda point.

Acceptant un infime ajustement, allongeant les jambes, il posa la tête sur les genoux de sa vieille amie, dont la chaleur se fit brûlure. Il ferma les yeux et la mort, les deux morts, sombrèrent dans les limbes.

Le lendemain matin, déclarant la situation « plus bizarre que les mots ne sauraient l'exprimer », Caroline alla en voiture à la gare, où elle prit un train pour New York. Elle y déjeuna avec la femme avec qui elle partageait une chambre à la fac et s'adonna à une session de réanimation par shopping. Quand Riley réussit à s'extraire du lit qu'il avait Dieu sait comment réussi à rejoindre à une heure indue de la nuit, il eut tout juste le temps de voir la voiture de Meg qui partait au travail. La voiture de Brian n'était plus là, pas plus que la sienne, puisque Caroline l'avait prise pour se rendre à la gare : il avait été trop secoué par les événements de la veille pour se lever et l'y mener. Il se retrouva donc dans la maison du mort (l'assassiné), à fouiller dans les placards de la cuisine en quête de café – et, qui sait, de quelque chose à se mettre sous la dent, comme du pain grillé. Ou… le paquet de biscottes sucrées pour bébé qui se retrouva Dieu sait comment entre ses mains, le confrontant au sourire édenté d'un nourrisson pastel sur l'emballage cartonné. Mais pourquoi un couple de personnes âgées stockait-il des biscottes pour bébés ? Avaient-ils des petits-enfants ? Ou des problèmes dentaires ? Riley fourra une biscotte dans sa bouche, pour expérimenter ; il la recracha vite dans sa main. Du lait, peut-être du lait lui ôterait-il sa nausée.

Il s'en versa un bon verre d'un blanc immaculé, le posa sur le plan de travail et le regarda longuement avant d'essayer, avec un succès mitigé, de le reverser dans le carton. Distrait, il lui fallut cinq bonnes minutes pour se rappeler que Lester était mort. Et que l'enterrement, en vue duquel il était censé reprendre suffisamment ses esprits pour être en mesure de faire un éloge funèbre, avait lieu le lendemain.

Un bruit, soudain, un bruit sourd, lui fit lever la tête, et voilà que le chien, de retour, collait son nez contre la baie vitrée, avec pour parure une longueur de chaîne rompue qui pendait à son cou et traînait derrière lui. Riley vit qu'il faisait beau : les nuages d'hier, la bruine avaient reflué sur les collines et le soleil divisait la pelouse, comme un échiquier, en carrés d'ombre et de lumière ; l'irritation qu'il aurait normalement ressentie face à l'intrusion canine le céda à une humeur plus légère, plus soutenable, voisine de l'acceptation. Il était content que Caroline soit allée en ville et Meg à son travail, content d'être seul pour pouvoir faire les choses à son rythme, aller se promener, s'asseoir au bord du fleuve, communiquer avec Lester à sa guise, et tant pis pour Ted Marchant – Ted Marchant, c'était un tout autre problème et il n'avait pas l'intention de s'aventurer sur ce terrain-là.

À nouveau : le bruit sourd. Le chien tapait sur la vitre avec la patte, comme s'il voulait dire quelque chose, lui faire part d'un aperçu extrasensoriel sur le processus qui avait réclamé Lester et Ted Marchant et, en temps voulu, se repositionnerait pour rappeler les survivants à leur tour. À moins qu'il eût faim – oui, ce devait être ça. Ou, alors, plus probablement encore, voulait-il entrer et se soulager sur le tapis ? N'était-ce pas une spécialité canine ? Riley songea tout à coup que le chien n'aurait pas dû être là, qu'en fait il avait dû briser sa chaîne, ce qui signifiait qu'il était en danger, ou qu'il courait potentiellement un danger : Meg n'avait-elle pas dit qu'il fallait toujours rester sur le qui-vive avec lui car, à la première occasion, il déguerpissait et se dirigeait vers la voie ferrée ? Riley se leva, pensant laisser entrer le chien – l'emprisonner dans la maison – et voir s'il pouvait réparer sa chaîne.

Mais comment s'appelait-il, au fait ? Un nom commençant par un T : Tuffy ? Terry ? Non ! Taffy, voilà, taffy, *toffee*, caramel : à cause de son pelage – comme Meg l'avait expliqué quand il avait massacré son pantalon. Quoi qu'il en soit, il se leva, alla à la porte coulissante et l'ouvrit, ce qui fut loin d'avoir l'effet escompté : le chien recula si vivement qu'il tomba de la véranda dans un embrouillamini de membres. L'espace d'un éclair, il resta sur le dos, pattes barattant l'air, mais il se leva bientôt, d'un bond, et déguerpit, fonçant droit sur les rails. « Taffy ! » hurla Riley, se sentant ridicule ; il n'en descendit pas moins de la véranda, courut après le chien (ou la chienne : il ne savait pas si c'était un mâle ou une femelle). « Taffy ! Non ! »

C'est à ce moment-là que le train surgit, celui de 9 h 50 ou de 10 h 10, allez savoir : l'air fut déchiré par un crissement, les roues tonnèrent, une force titanesque propulsée vers l'avant éclipsa l'animal comme s'il n'avait jamais existé. Courant, cœur cognant contre ses côtes, Riley atteignit la voie au moment où le dernier wagon fusait puis disparaissait, comme en furie (le « fourgon de queue » – le terme remonta d'un passé enfoui, de son enfance : Lionel – moufles collées contre les oreilles –, *prends la main de Papa*). Puis les voies désertes derechef, brillant diaboliquement sous le dur brasillement du soleil. Il s'attendait à la mort, à une autre mort, restes du chien éparpillés tel un ragoût sur les rails – et que pourrait-il dire à Meg ? Mais la réalité fut autre. Le chien, intact, reste de chaîne et tout, assis sur sa croupe de l'autre côté des voies, le fixait d'un air niais.

« Taffy ! » appela-t-il, maîtrisant mal sa voix, dont il saisit la pointe d'hystérie, de fureur. « Viens ! »

Taffy ne vint pas. Taffy ne bougea pas d'un pouce, sauf pour se tortiller (c'était un mâle, Riley s'en rendit compte : le manchon du sexe, les bourses à la peau tendue, sombres comme des prunes de Damas). Le chien se tortillait donc pour se gratter la barbe avec la patte arrière. Riley vérifia les voies, à droite, à gauche, jusqu'à l'horizon, triangle infini rétrécissant jusqu'au point de fuite dans les deux directions. Il l'appela encore, sans plus de succès. *Peut-être*, songea-t-il, *si je lui tournais le dos.* Ou alors – là il se sentit gêné. Qu'était-il devenu ? L'homme qui parlait aux chiens ? – au fond, pourquoi ne pas s'en laver les mains ? Le chien n'avait qu'à prendre ses responsabilités, après tout. Bien. Parfait. Sans plus tarder, il tourna les talons et traversa la pelouse mouillée en sens inverse, monta sur la véranda de la maison du mort et se demanda s'il n'y avait pas moyen de se préparer une tasse de café.

Il ne se souciait guère de l'heure, mais il devait être aux alentours de midi, le soleil trônait dans le ciel et le chien gambadait sur la pelouse, chaîne à la traîne, quand, levant les yeux de son café et de son pain grillé, le regard de Riley se posa sur le canoë, renversé sur le ponton. Il prenait son petit déjeuner, un livre fort ennuyeux dans les mains ; il tentait de limiter son horizon au prochain paragraphe encore plus barbant que le précédent, tout en se demandant comment il réussirait à survivre au reste de la journée, lorsque, donc, cette vision lui apparut : le canoë sur le ponton. Exactement ce dont il avait besoin : une balade en canoë sur le fleuve – se changer les idées, se laisser guider par la nature. Quoi de mieux ? Les vaguelettes fessées par le soleil, la brise fraîche descendue du nord. Un peu d'exercice : oui, l'exercice lui ferait le plus grand bien. Vraiment, avait-il souvent l'occasion de faire une virée sur l'Hudson, le fleuve de son enfance, de ses racines, de son passé, de Lester ? Parfait. Enfin un projet. Un projet digne de ce nom.

Il lui fallut un certain temps pour trouver les pagaies, rangées au fond du garage derrière une armoire en métal rouillée de près de deux mètres, qui contenait le matériel idoine : bouée de flottaison bleue, gilet de sauvetage orange, plusieurs cannes à pêche, pièges à crabes, hameçons et épuisettes. Il prit la bouée, une canne à moulinet et une boîte de matériel de pêche, dont les appâts de

Ted Marchant – et pourquoi pas ? Ensuite, une pagaie en équilibre sur l'épaule, il traversa la pelouse en direction du ponton. Il ne s'encombra pas du gilet de sauvetage – il n'en emportait jamais : c'est qu'il connaissait son affaire et, même à son âge (il aurait cinquante-six ans en décembre et en avouait six de moins), il était encore bon nageur (il l'avait toujours été) ; d'ailleurs, le temps d'un éclair, il se revit à vingt ans, faisant la course avec Lester jusqu'au ponton du lac de Kitchawank, quantité de fois, un sprint après l'autre : le perdant devait avaler un shot de tequila, que leurs petites amies, penchées sur le bord du canot, leur tendaient en riant, les encourageant tout en fouettant l'écume avec leurs jolis pieds bronzés.

Le canoë – en aluminium, indestructible – pesait bigrement lourd, mais il réussit à le retourner, à y ranger ses affaires et à le mettre à l'eau avant de s'y installer lui-même et de trouver l'équilibre requis. L'instant d'après, il bataillait dur contre le courant : les premiers coups de pagaie étaient les meilleurs, toujours les meilleurs, puissance du corps concentrée dans les épaules et les biceps en une bouffée d'une joie renaissante. C'était fabuleux. Une véritable métamorphose. Attaque, sortie, attaque et ainsi de suite. Il devait se trouver à trente mètres du rivage quand il s'aperçut qu'il avait oublié de prendre un chapeau, qui lui aurait permis d'éviter que le soleil lui tanne le visage, et sa thermos aussi, mais ce n'était pas un problème car il ne resterait pas longtemps sorti. Il remonterait un peu en amont et ferait demi-tour : trois quarts d'heure, une heure, maximum. Même s'il devait reconnaître qu'il se sentait un peu déshydraté, sans compter la gueule de bois. Une pensée dansa un instant dans son esprit : et s'il remontait jusqu'à Garrison, jusqu'au bar là-haut ? Puis il se laisserait ramener par la marée quand elle se serait inversée. Non : trop ambitieux… mieux valait rester modeste.

Là-bas, vers la droite, juste après le promontoire sur lequel trônait la dernière des douze maisons, se trouvait un pont à tréteaux qui menait au marécage plus loin. Il rama vers la culée, pensant explorer ce dernier. Meg l'y avait emmené la dernière fois qu'il lui avait rendu visite et il se souvenait d'un endroit magique, regorgeant d'oiseaux de toute sorte, de tortues empilées comme des assiettes sur le collet des arbres à demi submergé – et mieux encore, de l'impression qu'on y éprouvait d'être protégé dans son intimité, comme si l'on était à mille lieues du prochain être vivant. Toute l'affaire se réduisait à un simple fait, songea-t-il en plongeant la pale dans l'eau pour fuser dans l'écume grisâtre du fleuve : Lester était mort et pas lui. Il était vivant, plus que jamais. Le fardeau du deuil nous encombrait les uns et les autres (*Lester ! Lester !*) mais il n'en restait pas moins cela : la vie, l'instant, le canoë criblé de soleil, la brise, le parfum des fleurs sauvages tellement agglomérées autour de la culée du pont à tréteaux qu'on aurait pu croire à une charmille sortie d'un poème de Rossetti. Il fonça droit dessus. Toutefois, en approchant, il se rendit compte que la marée était plus haute qu'il ne l'avait cru : il paraissait y avoir tout juste assez d'espace pour que le canoë puisse passer dessous : moins d'un mètre de hauteur – et encore…

Pour le meilleur et pour le pire – le pire, à vrai dire –, Riley ne renonçait jamais à aucun défi. Une fois qu'il eut décidé de s'engager dans le tunnel, il continua coûte que coûte. Au dernier moment, il s'allongea sur le plancher du canoë et se laissa porter par le courant bouillonnant, ce qui n'aurait pas été un problème s'il était arrivé un quart d'heure plus tôt, alors il y aurait eu quelques centimètres de plus entre lui et le ventre en béton du pont. Même à cette heure-là, dans les mêmes circonstances il aurait glissé sans problème jusqu'à l'autre côté s'il avait été en kayak ou avait chevauché une planche de surf ; hélas, les deux points les plus élevés du canoë, à la poupe et à la proue, raclèrent la voûte avec un bruit de molaires qui grincent, le courant l'emportant jusqu'à ce que, à moins de quatre mètres de la sortie, il reste coincé.

Riley ne se fit aucune illusion sur la situation dans laquelle il se trouvait. Certes, il éprouva quelques fugaces regrets mais ce n'étaient pas les regrets qui allaient le sortir de là, n'est-ce pas ? L'eau s'engouffrait sous le pont et comblerait bientôt tout l'espace, jusqu'au plafond – du moins y avait-il de grandes chances qu'elle le fasse. Soit. Pas de panique. Il leva les bras et repoussa le béton au-dessus de sa tête : le canoë avança tout doucement, protestant en raclant de plus belle. Ce que Riley n'avait pas prévu (en fait, il n'avait rien prévu, il avait seulement agi, et agi stupidement, de façon suicidaire, il n'y a pas d'autre mot), c'était que le tunnel n'avait pas la même hauteur partout, qu'il s'était affaissé imperceptiblement à cette extrémité. Ce n'était pas ses oignons mais qu'est-ce qui n'allait pas, exactement, chez les gars de l'entretien de la New York Central Line ? N'inspectaient-ils pas régulièrement ce genre d'ouvrages ?

Quelle qu'ait été la réponse à cette question, le fait demeurait qu'il était coincé. Sur le dos. Dans un espace qui ressemblait à un cercueil. La marée montait vite et il ne restait qu'un vide de quelques centimètres entre son corps et le couvercle gris et froid au-dessus de lui, qui pouvait bien, en outre, abriter une collection d'araignées, d'insectes urticants, sans oublier les serpents d'eau, dont un spécimen venait à l'instant de passer à côté de lui en gigotant, dans une belle démonstration d'urgence musculaire. Quoi d'autre ? Le froid. L'odeur de la boue, de la vase, le pourrissement que le fleuve nourrissait et sur lequel il prospérait… Tout à coup, Riley se remémora l'histoire que son père lui avait racontée, de la noyée de Annsville Creek dont le cadavre était remonté à la surface enveloppé dans une mêlée tressaillante de crabes bleus. La situation était grave. Il avait un gros problème. Il allait se noyer, voilà ce qui allait arriver, et il se représenta les gros titres – *Un écrivain se noie dans un accident de canoë* –, les rudiments préconditionnés de sa nécrologie : ses livres, ses femmes, les promesses du début, les années intermédiaires boursouflées, les prix qu'il avait remportés, les chèques, *pleuré par une épouse aimante*. Il ne lui restait que quelques minutes, pas plus, avant que l'eau ne passe par-dessus les plats-bords. À ce moment-là, il se représenta la nécro dans le journal aussi nettement que s'il était assis à la grande table en chêne de la cuisine à la « ferme », sous la suspension à l'éclairage trop vif, lunettes de lecture pincées sur l'arête du nez.

Il s'était souvent demandé comment il réagirait dans un moment de crise, tout en priant pour ne jamais avoir l'occasion de le découvrir. (Et Ted Marchant ? Qui avait protégé Nadine avec le bouclier de son corps dans la milliseconde avant que les cartouches de kalachnikov ne l'éviscèrent ?) Jusque-là, Riley n'avait frôlé la mort qu'une fois, une trentaine d'années auparavant, avec Lester, justement. Après s'être soûlés avec du mauvais scotch, ils étaient saturés du triomphe de leurs egos, de leur supposé discernement, de la modernité dans laquelle ils se drapaient et qui les dégageait de tout, lorsque le sommet de la dune sur laquelle ils étaient assis s'était effondré sous eux : ils avaient été brutalement plongés dans le bain glacé de la baie de San Francisco mais – c'était là tout le charme de l'histoire – ils en étaient sortis indemnes. Donc, jusque-là, tout allait bien. L'eau montait mais il ne paniquait pas – trop humilié pour paniquer. Il était simplement inquiet, voilà tout. Et amusé. Frappé entre les deux yeux par l'étendue de sa bêtise : des millions de morts qui pleuvent sur nos têtes tous les jours de notre vie, combien frappent des romanciers sur le retour coincés dans un canoë sous un pont ferroviaire ?

Nous craignons la mort parce que nous ne connaissons que la vie et qu'une fois qu'on est vivant, le pari le plus sûr, c'est de le rester. Il le savait, souscrivait à cette notion comme à un principe. C'est elle qui, à ce moment-là, lui fournit sa motivation : et si, expérimentalement, il inclinait légèrement le canoë, laissant exprès entrer l'eau afin de gagner une quinzaine de centimètres et de se dégager, de tenter sa chance en nageant avant de manquer d'air ? Il pourrait faire ça, en effet, mais son portefeuille serait trempé et ses vêtements fichus – cela dit, qu'étaient un portefeuille et des vêtements alors qu'il était à deux doigts de rejoindre Lester et Ted Marchant au royaume des Morts ? Rien, absolument rien. N'empêche, il prit le temps d'ôter sa veste, sa chemise, son jean et ses chaussures de marche, de les mettre en boule dans une main tout en repoussant le plafond ; il alla chercher le courant et se glissa dedans. Oui, et, merde, elle était glacée !

Un écrivain de moindre talent que Riley aurait pu écrire quelque chose comme « le temps s'arrêta », mais ce n'était pas ça, pas du tout : au contraire, il s'accéléra. Un instant Riley était dans le canoë, il attendait passivement la mort par noyade, l'instant d'après il se débattait, avançant au milieu de la vase et des massettes-quenouilles, chemise, chaussures et veste emportées par le courant, mais blue-jean – et portefeuille –, imbibés d'eau, encore serrés dans sa poigne, jusqu'à ce qu'il parvienne à rejoindre l'abrupt talus de pierre qu'une génération antérieure avait érigé dans cette rase campagne pour étayer une ligne de transport ferroviaire des marchandises. Ce ne fut pas facile, il s'échina sur les blocs de pierre glissants, ralenti par un entrelacs de ronces et de sumacs grimpants, mais, finalement, trempé, frissonnant, trop ébranlé pour jurer, il réussit par étapes à se hisser jusqu'à la voie. Il était en boxer et pieds nus ? Quelle importance ! Il était vivant, de retour chez les vivants.

Il n'expliqua rien à personne, ni au vieillard ballotté par les flots dans sa barque ni aux deux femmes installées dans leurs transats sur la pelouse, de l'autre côté. Il traversa les voies en claudiquant, pieds nus, en boxer mouillé, et voilà que le chien le fêtait, courant avec sa longueur de chaîne qui tapait sur les rails. Il était inévitable, bien sûr, qu'un autre train déboule bientôt, le laboure avec son vent arrière. Visages pressés contre les vitres. Une fillette : elle lui fit coucou, ça alors ! Et lui, que faire d'autre, agita la main en retour.

Après l'enterrement, lorsque tout le monde l'eut félicité pour l'intensité de son oraison funèbre, eut séché ses larmes, et dûment fait circuler les boissons, il tira sa révérence de bonne heure, prétextant un mal de tête. Caroline et lui rentrèrent à leur location au bord de l'Hudson, où la chaîne du chien avait été renforcée et entourée plusieurs fois autour du piquet en métal que Brian avait planté rageusement dans le sol le matin même. En dix minutes, ils eurent rassemblé leurs effets, bouclé leurs valises et les avaient fourrées dans le coffre de la voiture. Riley ferma la maison, évita le chien et traversa vite la pelouse pour aller glisser la clé sous le paillasson chez Meg et Brian avant que ceux-ci ne rentrent de la réception, la veillée ou comment qu'on veuille appeler ça : le festival des larmes, la corvée. Le canoë se libéra seul à l'inversion de marée, mais Riley n'était plus là pour le récupérer. Il ne laissa pas de mot. Si Nadine s'apercevait qu'il manquait, il enverrait un chèque, pas de problème, avec plaisir, au contraire, en fait, content de pouvoir aider, mais inutile de s'en préoccuper pour l'instant.

La circulation était clairsemée et ils furent vite rendus. Caroline garda le silence pendant une grande partie du trajet, mais elle paraissait sereine et elle était belle – splendide – avec sa robe en velours noir et le collier de perles qu'elle avait mis pour l'enterrement. Ils descendirent à l'Algonquin, le seul hôtel où il se sentait vraiment apprécié et dont il aimait l'atmosphère intime : un hôtel pour *écrivains*. Caroline descendit acheter des billets de théâtre et, de son côté, il s'installa dans un fauteuil près de la fenêtre, tout là-haut au-dessus de la cohue de la 44e Rue Ouest. Longtemps, il regarda la grisaille, puis il prit le livre ennuyeux qu'il était en train de lire, péniblement, trouva la page où il s'était arrêté et reprit sa lecture.

L'eau ne nous manque pas (tant que le puits n'est pas à sec)

Une pluie légère tomba à la fin de la deuxième année de sécheresse, une pluie féminine, douce et hésitante, comme un murmure dans les arbres, une pluie qui parvint tout juste à plaquer la poussière autour des touffes d'herbes sèches. Nous l'acceptâmes pour ce qu'elle était et, si nous fumes déçus, si nous rêvions d'une bonne pluie qui imprègne tout, d'un orage macho tombant à verse de toute sa puissance tambourinante dans les chéneaux, nous haussâmes les épaules et vaquâmes à nos occupations comme toujours. Que faire ? Appeler un chamane ? Sacrifier des chèvres ? Le temps avait ses lubies, des variations saisonnières accentuées par l'Oscillation australe El Niño (ENSO), l'Oscillation décennale du Pacifique (ODP) et les cellules de Hadley dans l'hémisphère Nord : les années de sécheresse seraient forcément suivies par une période humide selon un cycle récurrent au fil des siècles et des millénaires. La vie quotidienne n'était déjà pas facile – on devait subir le dentiste, les embouteillages, payer ses impôts, préparer le dîner, travailler, se nourrir, dormir. Il pleuvrait quand il pleuvrait. Pas la peine de s'exciter. Personne ne prêtait vraiment attention à tout ça, à l'exception des alarmistes dans les journaux et les consultants à la télé, jusqu'à ce que la troisième année passe dans une succession de jours sans nuages – et toujours pas de pluie, ni masculine, ni féminine ni même androgyne.

Cette troisième année de sécheresse nous a brisé l'échine. L'eau a fini par nous obséder : d'où venait-elle, où allait-elle, pourquoi manquait-elle. Au point que tout ce qui ne s'y rapportait pas, les élections présidentielles, le dernier attentat en date, la disparition imminente de l'ours polaire – tout devenait incongru. C'est aussi au cours de cette troisième année que le problème a pris un tour personnel.

De notre côté, ma femme, Micki, et moi avions depuis longtemps limité notre consommation, de sorte que, lorsque ont été imposées les restrictions, nous en étions déjà au minimum vital, notre pelouse n'était plus qu'un souvenir ; naguère verdoyants, nos parterres étaient réduits à un tas de brindilles cassantes, nos arbres étaient décharnés, les buissons n'étaient plus attachés à la terre que par un fil. Si, avant, nous reprochions aux prodigues leurs pelouses émeraude et le lierre accroché aux murs de leurs maisons, désormais nos reproches viraient à l'inquisition. Quand ces gens furent contraints de réduire leur consommation d'un tiers, ils tombèrent au niveau où nous étions nous-mêmes déjà parvenus depuis longtemps, alors que notre propre réduction d'un tiers fit l'effet d'une double peine : nous étions de ceux qui avaient été assez bêtes pour s'imposer des restrictions volontaires lorsque le gouverneur avait lancé son appel. C'était insupportable mais, en outre, profondément injuste : le type d'injustice qui mettait à mal la notion de sacrifice partagé. Je me mis à me raser à sec, n'utilisant pour humecter ma barbe que la bombe de crème à raser. Micki arrêta de se maquiller car elle ne supportait plus l'idée de gaspiller l'eau nécessaire au démaquillage. Quand notre fils est rentré à la maison pour les vacances de printemps (de Princeton, où il pleuvait un jour sur deux), Micki a scotché sur la porte de la salle de bains les rimes suivantes : *Si c'est jaune, laisse faire, ça fusionne ; si c'est marron, tire la chasse, expulse le macaron.* Le lendemain matin, quand il prit sa douche – à l'instant même où j'entendis l'eau couler –, je tambourinai à la porte, criant : « Deux minutes max ! »

C'était un bon gamin, Everett, direct et juste, mais s'il avait une faiblesse, elle fut révélée alors : *il prenait des douches !* Inimaginable. Pas plus que moi, Micki ne pouvait y croire. Nous ne prenions par semaine qu'un bain – ensemble dans la baignoire –, dont nous utilisions encore l'eau pour laver nos vêtements et nos draps avant de, finalement, récupérer le restant dans des seaux en plastique que nous transportions à l'extérieur afin d'humecter les racines de nos agrumes, ma fierté, ma joie, le dernier bastion que nous abandonnerions dans le tri végétal qui nous avait vus sacrifier d'abord notre pelouse, puis nos parterres de fleurs et jusqu'à nos plantes d'intérieur. Ce soir-là, à dîner (expédié, car Everett avait hâte de sortir faire le tour des trous d'eau du coin – entendez par là les bars – avec sa cohorte d'amis dont c'était aussi les vacances de printemps), je tentai d'arrondir les angles et de faire un cours d'hydrologie en même temps. « Désolé, commençai-je, d'avoir réagi de cette façon ce matin, mais tu dois prendre conscience de la réalité dans tout le sud-ouest. Il n'y a tout simplement plus d'eau. Quelque prix qu'on veuille y mettre. Nulle part. »

Le soleil était accroché à la fenêtre de la cuisine, comme pendu là faute de mieux. Il faisait chaud, mais la chaleur demeurait supportable. Pour l'instant, en tout cas – le pire était à venir.

Everett leva la tête, fourchette en suspens au-dessus d'une généreuse portion à emporter de curry vert aux crevettes accompagné de riz gluant. Il haussa les épaules, pour montrer qu'il n'y avait aucun problème. « J'aurais dû réfléchir, déclara-t-il, baissant la tête pour se concentrer sur son repas.

— J'ai entendu dire qu'ils relançaient le projet d'usine de désalinisation », dit Micki, pleine d'espoir, comme à son habitude. Elle s'était attaché un foulard autour de la tête et portait un chemisier blanc qui aurait pu être plus blanc.

« Deux ans *minimum* », répliquai-je. Je ne voulais pas paraître acerbe, mais je crains que ça ait été le cas. J'étais tendu, les tracas de la vie étant exacerbés depuis trop longtemps. Ce qu'on avait cru acquis au temps des vaches grasses ne l'était plus. Voilà où nous en étions. « Et le coût s'élèverait aux environs de neuf millions de dollars, non que l'argent ait quoi que ce soit à voir là-dedans... au point où nous en sommes, les gens paieraient n'importe quoi, le double, le triple, ils s'en fichent...

— On ne peut pas saigner une pierre, déclara mon fils, levant vers nous son regard futé.

— Ou lui faire pleurer de l'eau », ajoutai-je. Et, crise ou pas, nous avons tous souri.

Nous gardions donc notre sens de l'humour. Du moins nous restait-il ça. Du moins au début. N'empêche, j'avais beau aimer ma femme et aimer la voir au naturel, deux dans une baignoire, ça fait beaucoup, et je suis sûr qu'elle devait penser pareil de son côté, même si elle n'en disait mot. Elle était fair-play, Micki, et si mes genoux la gênaient, si l'eau était un peu grasse, elle en tirait le maximum – mais, de mon côté, notre bain hebdomadaire finit par me peser. « Tu te rappelles le bon vieux temps ? » demandais-je, lui savonnant le dos ou malaxant du shampooing dans les longs cordages sombres de ses cheveux. « Tu sais, quand on sautait du lit dès que le réveil sonnait et qu'on se précipitait dans la douche avant de partir au travail ? » Elle faisait oui de la tête, l'air mélancolique. L'eau clapotait sur ses aisselles et sur la chair tendre de ses jarrets. Elle sortait de la baignoire et prenait sa serviette utilisée trois fois. Je lui accordais un moment, regard détourné, puis sortais moi-même de l'eau précautionneusement afin de m'égoutter et de manier le seau sans perdre une goutte. Était-ce bénéfique pour notre vie sexuelle ? Ou, au contraire, trop routinier ? Le corps de ma femme était-il désormais privé de tout mystère ? Quand, le soir, nous nous glissions dans nos draps virant au gris, tout ce à quoi je pouvais penser, n'était-ce pas la baignoire et le clapotis savonneux d'eau gaspillée ? Je l'ignore. Qui sait. Sans doute cela faisait-il partie du problème mais je m'apercevais, j'en ai bien peur, que j'avais de moins en moins envie d'elle.

Cela va de soi, nous n'étions pas seuls dans cette galère. On ne voyait plus guère de couples s'étreignant ou se tenant par la main et, au restaurant, ils s'asseyaient face à face, pas côte à côte, et aussi près des fenêtres que possible. Les gens commençaient à puer. On le remarquait surtout dans les transports en commun, qu'on évitait autant que possible, et tant pis pour les conséquences, c'est l'eau qui manquait, pas le pétrole, et si nous contribuions à l'effet de serre, au réchauffement climatique qui était la première cause de la sécheresse, eh bien, qu'à cela ne tienne ! Pendant un temps, on assista à une ruée sur les déodorants et autres produits corporels mais les gens finirent par abandonner la partie et supportèrent leur odeur naturelle. En fait, sentir le fauve devint bientôt un titre d'honneur, de même qu'avoir une pelouse teinte désert de Gobi.

Tous, toute la communauté, nous apprenions à nous ajuster, même les dilapidateurs, à qui l'on menaçait d'installer un régulateur de débit s'ils dépassaient leur ration. Je dois avouer que je pris un certain plaisir à observer leurs pelouses jaunir et leur lierre virer au brun. Telle était la nouvelle normalité et, au fil des jours, je me mis à l'apprécier, tout comme Micki. Et puis voilà qu'un matin, alors que j'arpentais notre modeste verger d'agrumes, choisissant des oranges pour faire du jus, un détail attira mon attention. Notre goutte-à-goutte en plastique noir serpentait autour des racines de nos huit orangers de Valence, avec des bifurcations vers nos trois citronniers, deux pamplemoussiers et une demi-douzaine de jeunes avocatiers ; mais, ce matin-là, je remarquai un nouvel embranchement, qui, à partir de l'alimentation principale, disparaissait sous la terre dure et compacte du jardin. Laquelle, m'aperçus-je, ne l'était plus tant que ça : elle semblait avoir été remuée récemment. Nous n'avions pas – plus – de jardinier (à quoi bon ?) : il ne pouvait donc être le coupable, à moins qu'il se soit faufilé dans le jardin lors d'une crise de somnambulisme. Je n'avais pas installé de nouveaux tuyaux – je le répète : à quoi bon ? Donc, à moins que Micki se soit mise au jardinage, ce dont je doutais, dans la mesure où elle n'avait jamais montré le moindre intérêt pour les activités de plein air, hormis peut-être le parking du centre commercial, j'étais confronté à un mystère.

Je tirai sur le tuyau, mais il était maintenu en place par une série de clips, ce qui ne fit qu'ajouter à l'étrangeté de la chose. J'allai dans l'abri à outils derrière la maison prendre un sarcloir, avec lequel je dégageai le tuyau : manifestement plus neuf que les miens, son plastique noir luisait au soleil. Intrigué, je continuai à le suivre dans le jardin jusqu'à la clôture qui séparait nos 4 000 mètres carrés des 4 000 mètres carrés de nos voisins, les Venier, clôture sous laquelle, et voilà qui était encore plus bizarre, le tuyau disparaissait.

Or, dans ce lotissement de demeures onéreuses et de vastes terrains, pour la plupart nous gardions nos distances, nos propriétés étaient séparées par des barrières d'1,80 mètre de haut en pierre, stuc ou séquoia : nous ne connaissions donc nos voisins que de la façon superficielle dont nous connaissions les oiseaux qui naguère s'assemblaient sur notre ex-pelouse pour picorer vers de terre, larves et autres denrées comestibles. Je ne connaissais pas les Venier plus que ça. L'homme s'appelait Bill – ou peut-être Will – et la femme, la quarantaine, blonde, épaules étroites, devait aussi avoir un nom mais, dans les rares occasions où je l'avais croisée sur le trottoir, pas une fois elle n'avait levé les yeux de son portable, je ne crois pas qu'elle ait même été consciente de ma présence. Peut-être Micki saurait-elle, songeai-je en agrippant le haut de la clôture pour regarder dans leur jardin.

D'abord, je n'y compris rien : chez les Venier, on se serait cru dans une oasis : des buissons, des parterres de fleurs, des arbres chargés de fruits ponctuaient un gazon vert comme l'Éden s'étalant à perte de vue jusqu'à l'autre mur, de l'autre côté duquel vivait un couple chinois (ou coréen, peut-être – je n'ai jamais pu faire la différence). Je restai longtemps planté là, sur la pointe des pieds, tentant de comprendre. J'avais cru que mes voisins, les Venier, étaient des gens corrects, pourvus de revenus suffisants puisqu'ils avaient acheté dans le quartier – et voilà qu'ils volaient notre eau ! Mais non, je devais me tromper.

C'était impossible. Pas dans ce quartier. Ils avaient sans doute un puits, une source cachée ou je ne sais quoi... et ils devaient avoir introduit un tuyau d'arrosage dans mon jardin par pur altruisme : question de faire profiter autrui de leur bonne fortune. *Ouais, bien sûr !* Brusquement, la colère monta en moi. Bientôt plus furieux que je ne l'avais jamais été, je passai par-dessus la clôture. Chez eux, mes pantoufles laissèrent des empreintes bien nettes dans le gazon épais et bien vert.

Avaient-ils un chien ? Pas que je sache – je ne me rappelais pas avoir entendu des geignements ou des aboiements, et je ne les avais jamais vus dans la rue tenir un animal en laisse. N'empêche, un instant, je me figeai, m'attendant presque à voir fuser d'un bosquet et me foncer dessus la barre oblique et noire d'un rottweiler ou d'un doberman prêt à planter ses crocs dans mes mollets. Mais non, tout était calme : sept heures et demie, un samedi matin. Étaient-ils réveillés, les Venier ? Je les imaginai dans leur coin petit déjeuner, lisant le *Times* sur leur tablette, levant nonchalamment la tête, regardant par la fenêtre et avisant un intrus en short et pantoufles, planté là-bas sur leur pelouse secrète. Ou dormant encore, les traits détendus par la compresse humide de leurs rêves ? Aucune importance. La longueur de tuyau, plongeant dans le sol, courait sous le gazon, manifestement jusqu'au pied de leur façade, où se pressait un parterre fourni d'œillets et d'azalées gourmands en eau. Je distinguai le léger bombement du tuyau sous le gazon et allai le suivre, au besoin l'arracher et exiger une explication de la part de

Bill – ou Will – Venier, lorsque retentit soudain le doux souffle d'un son que je n'avais pas entendu depuis des lustres : une série d'arroseurs se mit à gicler sur tout le périmètre de la pelouse et en un instant mes pantoufles furent trempées.

Un quart d'heure plus tard, après avoir coupé le tuyau et fulminé en révélant l'affaire à Micki, dont l'expression se durcit face à la triste évidence de la perfidie en notre sein, je me tenais sur le seuil des Venier, appuyant fort sur leur sonnette. Apparemment, ils n'avaient pas un carillon (contrairement à nous), mais seulement une sonnerie, une sorte de sifflement mécanique qui se répercutait dans leur demeure tel le bourdonnement d'un rasoir électrique géant. Il s'écoula un long moment, au cours duquel je m'essayai mentalement à différentes diatribes avant de finir par opter pour un ton d'incrédulité scandalisé, avant que la femme ne se matérialise sous mes yeux, plissant les siens face à la lumière. Elle était en short et dos-nu, et si j'avais déjà vu qu'elle n'avait pas d'épaules, je m'aperçus alors qu'elle n'avait pas de poitrine non plus ; elle avait la peau si blanche, comme lessivée, qu'on aurait dit qu'elle avait été trempée dans le lait de la pointe des orteils à ses sourcils transparents et à son duvet de cheveux vanille. « Oh, fit-elle, salut ! Vous êtes le voisin d'à côté, c'est ça ? Jim ? Ou Joe ?

— En fait, c'est Scooter. Mais ce que je voulais savoir, hum, la raison de ma venue, c'est ça. » Je brandis une longueur de tuyau en plastique noir, dont l'extrémité était déchiquetée car je l'avais coupé avec les cisailles de jardin.

C'était une menteuse hors pair, cette femme (dont le prénom, devais-je apprendre plus tard, était Alta, mariée à Will, pas Bill). Elle ne cilla pas. Plissa seulement les yeux pour me lancer un regard témoin d'une perplexité virant à la rancœur et, qui sait, à l'agacement. « Qu'est-ce que c'est ? demanda-t-elle, image même de l'innocence. Un tuyau ? Vous voulez emprunter un tuyau ?

— J'ai trouvé ceci relié à mon goutte-à-goutte. »

Elle haussa les sourcils.

« *Relié*, insistai-je, et partant sous votre clôture dans votre... votre oasis... là. Comment l'expliquez-vous ? Je voudrais bien le savoir. Vraiment, ça m'intéresse. »

Un haussement d'épaules plutôt complexe. De derrière elle, des profondeurs de la maison, parvinrent des échos de la grave lenteur des *Images* de Debussy. Des fleurs coupées plastronnaient dans un vase posé sur une table près de la porte. Je ressentis la présence de quelqu'un d'autre, le mari, rôdant dans les ombres, guère enclin à se montrer. « Ce doit être une erreur », déclara-t-elle, avançant déjà la main – doigts souples, jeunes, pleins de bagues – pour fermer la porte.

« Je vous crois volontiers, une erreur, en effet », criai-je, me demandant si je devais les menacer d'appeler mon avocat – mon avocat et le service municipal des eaux –, mais la porte se referma d'un coup et je restai seul avec ma doléance.

Cette année-là, l'été fut précoce et se prolongea jusqu'à l'automne. Au cours des après-midi brûlants, le ciel fut uniformément bleu et, tous les jours, les températures battirent des records. Everett avait envisagé de passer les vacances chez nous et de reprendre son ancien job de maître-nageur à la piscine municipale. La piscine ayant été vidée, Micki et moi l'encourageâmes à rester sur la côte Est. « Prends des cours d'été. Fais un stage. Travaille chez McDonald's. » Qu'on nous excuse mais la vérité est que… nous redoutions tous deux les douches qu'il prendrait, le fardeau supplémentaire que représenteraient son linge, ses assiettes sales et même le verre d'eau sur sa table de nuit. Il nous manquait, sans l'ombre d'un doute, mais nous le verrions en fin d'année, à Noël : cette année, il ne pourrait manquer de pleuvoir à Noël, nous en étions persuadés, et toutes ces privations ne seraient plus qu'un mauvais souvenir. Quant aux Venier, je n'eus aucune nouvelle d'eux, ni excuse ni dénégation. Je les dénonçai au service des eaux (si ça fait de moi un mouchard, qu'à cela ne tienne, parce que tout le monde mouchardait et que Dieu vienne en aide à qui serait pris à manier un tuyau d'arrosage) ; je me mis à regarder régulièrement par-dessus la clôture pour voir leur gazon perdre son lustre et leurs azalées se flétrir. Je savonnais le dos de Micki. Elle savonnait le mien. Nos genoux se gênaient les uns les autres. Et notre vie sexuelle se réduisit comme peau de chagrin.

La prochaine étape – inévitable, j'imagine – fut l'apparition des camions de distribution d'eau. On aurait dit des camions-citernes avec la différence que sur leur logo, quand il y en avait un, figurait une cascade ou une énorme goutte d'eau bleue en suspension. Deux fois par jour, en milieu de matinée puis après le dîner, ils entamaient dans le voisinage une longue flânerie affriolante, dispensant l'eau – à raison d'un minimum de cinq mille litres – à des prix qui redéfinissaient la notion d'arnaque. Nous n'étions pas exactement pauvres mais les frais de scolarité d'Everett pendaient au-dessus de nos têtes comme une épée de Damoclès, sans compter que Micki venait de perdre son boulot, et moi des heures : nous ne pouvions donc pas payer l'eau au tarif des camions. Nous travaillions tous deux dans le tourisme or les touristes ne venaient plus – ils voulaient des douches, une piscine, des glaçons dans leurs cocktails... – et ils avaient commencé à découvrir que les plages de l'État de Washington ou de Colombie-Britannique n'étaient pas si mal que ça, après tout, pas si on prenait en compte le réchauffement de l'océan et le fait que l'eau coulait sans retenue des robinets et des pommeaux de douche de leur chambre de motel avec vue sur le détroit de Puget ou sur celui de Juan de Fuca.

C'est triste à dire mais Micki et moi commencions à nous taper sur les nerfs. Désormais, elle était à la maison 24h/24 et je ne travaillais plus qu'épisodiquement, à telle enseigne que nous disposions tous deux de temps libre en excès. Nous nous chamaillions constamment pour des broutilles : qui avait utilisé la dernière serviette propre ou laissé l'eau du lave-vaisselle échapper par la canalisation ? Quand Micki se rasa le crâne, je crus que c'était un moyen de me contrarier, même si elle prétendit que cela lui éviterait d'avoir à se laver les cheveux. Elle avait l'air ridicule. Ses oreilles, dépourvues de leur camouflage, ressortaient tellement qu'on aurait cru que quelqu'un les avait prises au hasard à quelqu'un d'autre pour lui coller sur les côtés du crâne ces battoirs en cartilage. Je me demandai même comment j'avais pu ne jamais remarquer à quel point elles étaient énormes, et moches. Je commis l'erreur de le lui dire : nous ne nous adressâmes plus la parole pendant une semaine.

Puis, un matin, venant se poster devant ma table de travail dans le bureau de fortune que j'avais installé dans la chambre d'amis, elle brisa le silence. « Tu as vu ce qui se passe chez les voisins ? » demanda-t-elle, chuchotant comme une conspiratrice. De ma place dans la chambre d'ami, au premier, je voyais le jardin des Venier côté rue, même si l'angle était tronqué. Alta Venier se trouvait dans leur allée bordée de lavandes en fleur ; à cet instant-là, un camion franchissait leur portail, manœuvrant en suivant les indications que notre voisine lui donnait par gestes. En bikini, elle était quasiment nue et, même de loin, je vis que son visage était un masque de séduction et d'avidité. Comme Micki et moi nous y attendions, elle grimpa sur le marchepied du véhicule et se pencha à l'intérieur de la cabine pour donner au chauffeur (la trentaine, coiffé d'une casquette de base-ball visière à l'arrière) un baiser langoureux, avant de lui prendre le bras quand il descendit de son camion et la suivit dans la maison. Ma femme et moi nous nous regardâmes, et toute l'animosité entre nous parut s'évaporer : nous faisions front ensemble, une fois de plus. Combien de temps le chauffeur resta-t-il chez les Venier ? Quarante-cinq minutes. Je chronométrai. Micki aussi. Quand il ressortit enfin, il n'ajusta pas sa ceinture ou quoi que ce soit de ce genre mais ce qui s'était passé entretemps – le genre de marché qui avait été conclu – n'en était pas moins clair comme de l'eau de roche. Il regarda autour de lui, et peut-être eut-il un petit sourire satisfait, impossible à dire, mais il déroula le tuyau du camion jusqu'à la citerne que les Venier avaient fait installer à l'autre extrémité de leur maison, et il pompa.

Everett vint à Noël, mais nous n'avions pas davantage d'eau qu'à l'été. Il n'avait pas plu. Les températures étaient supérieures à la normale, le soleil était oppressant. Il n'y avait plus aucun manteau neigeux sur les sommets et, d'après les derniers rapports, la Colorado River, dont nous avions tiré jusque-là le tiers de notre eau par le biais de diverses prouesses techniques et autres stations de pompage, n'était plus qu'un filet boueux. Pire encore, dans un autre domaine, notre fils, que nous n'avions pas vu depuis longtemps, était quasiment devenu étranger. En fait, quand il franchit le portillon à l'aéroport, je ne le reconnus pas : il paraissait plus grand, plus massif, et il s'était fait pousser une barbe qui lui épaississait le visage, de sorte qu'il avait davantage l'air d'un professeur que d'un étudiant. Lorsque Micki se précipita pour le prendre dans ses bras, il sembla se raidir et eut même un mouvement de recul. « M'man ? » lâcha-t-il.

Je lus la consternation sur son visage quand Micki, ne l'enlaçant pas moins, lui présenta son dôme crânien tout lisse qui semblait envoyer un SOS sous l'éclat des plafonniers. Les gens s'arrêtaient pour regarder. Une passagère, arrivant de toute évidence de climats plus humides, s'arrêta net sur le carrelage rutilant et se passa la main dans les cheveux, comme pour se rassurer. « Ce n'est pas le cancer, laissai-je échapper. Simplement la sécheresse. »

Everett repoussa doucement sa mère, comme si ç'avait été la mère de quelqu'un d'autre et qu'il avait été soumis à une embrassade factice. Qui aurait pu lui reprocher d'être désorienté ?

Micki arbora un large sourire et, se détachant de lui, exécuta une pirouette. « C'est mon nouveau look. Tu aimes ? »

Le jour de Noël, le temps était sec et lumineux, et le soleil, brûlant très haut dans le ciel, gâchait le simulacre des fêtes : pas de couronne à la porte et le sapin sur notre terrain, de soif, avait jauni. Je tentai de le vaporiser avec la bombe « fausse pelouse » mais la moitié des aiguilles tombèrent et tout cela me donna beaucoup de tracas pour un piètre résultat. Bien sûr, période de fêtes ou pas, la question de l'eau et de l'usage qu'en faisait Everett plomba l'atmosphère. Je m'étais abonné au centre de remise en forme, à seule fin de pouvoir prendre des douches, mais la direction connaissait bien cette stratégie et avait fixé aux pommeaux des régulateurs réglés à soixante secondes et loué les services d'un ado prétentieux en bermuda de surf qui, assis sur un tabouret dans la salle de douches, traquait les tricheurs. Je fis entrer Everett comme invité, mais il tricha, se déplaçant d'une douche à l'autre ; l'ado prétentieux le signala et on me retira ma carte de membre. Retour, donc, à la baignoire à deux et, pour Everett, aux plongeons glacés dans le Pacifique. Puis il repartit à la fac et janvier vint, mais pas la pluie ; février fut tout aussi sec et mars encore plus. La quatrième saison des pluies sans pluie s'acheva sans fanfare mais avec un geignement, et nous nous préparâmes à affronter la longue saison sèche à venir.

C'est vers cette époque – au début de la cinquième année de sécheresse – qu'un jour, en fin d'après-midi, les Venier se présentèrent à notre porte. Le vent avait été particulièrement violent ce jour-là et le jardin était enseveli sous le sable charrié par les bourrasques, les virevoltants et les lambeaux de sac en plastique qui claquaient au vent. J'ai oublié où Micki était – elle faisait des courses, j'imagine, à moins qu'elle eût choisi de s'enfermer au sous-sol pour ruminer à son aise. Elle semblait beaucoup ruminer, ces derniers temps : était-ce sain ou pas, je l'ignorais, mais je me demandais si elle aurait accepté d'envisager de consulter. Au moins pendant quelque temps. Le temps qu'il faudrait pour qu'elle se détende un peu.

Quoi qu'il en soit, j'entendis le carillon, allai ouvrir la porte d'entrée et me retrouvai nez-à-nez avec mes voisins, pelotonnés contre les assauts du vent, flanqués par une troisième silhouette, un enfant, me sembla-t-il. Alta portait un chador, mais elle avait encore ses cheveux, dont les pointes fouettaient ses joues en une blonde frénésie. Will (du moins je supposai que c'était Will, car, au fond, je ne le connaissais pas assez pour être sûr) portait une capuche qui encadrait son visage tourmenté, son regard ardent de prophète. Je m'aperçus qu'il était plus petit que moi, et ça me fit du bien de pouvoir le regarder de haut, surtout après ce que sa femme et lui nous avaient fait – et que je n'avais pas oublié, loin de là. La troisième silhouette était une femme, m'aperçus-je alors : haute comme trois pommes, elle se tenait entre eux, mains jointes, on eût dit en prière, tête baissée, le visage sec et fripé, tanné comme du cuir. C'est Alta qui prit la parole. « Pouvons-nous entrer ? » demanda-t-elle.

Trop surpris pour répondre, je me poussai de côté, le terme « effronterie » fit un rapide tour de piste dans mon cerveau tandis que le trio entrait en traînant les pieds et que je refermais d'un coup la porte afin de repousser les détritus qui, charriés par le vent, prenaient leurs talons en chasse. Nous restâmes un instant, gênés, dans le vestibule, les Venier me dévisageant alors que leur comparse – rangs de perles sur un chemisier en jean délavé et ce qui ressemblait à une blouse en polyester rose lavée si souvent qu'elle en était quasiment blanche – gardait le regard fixé par terre. Puis je m'entendis dire : « Hum, passons dans le salon. Nous serons plus à l'aise. »

L'usage, les manières, les interactions coutumières, la façon dont nous nous traitons les uns les autres : voilà ce qui disparaît dès les premiers accrocs. Je reconnais volontiers que je ne fus guère courtois. Je ne leur offris rien à boire. Je ne fis pas la conversation. Je me contentai de désigner le canapé, m'installant, sans un mot, dans le fauteuil.

Alta repoussa la capuche de son chador et secoua la tête pour démêler ses cheveux. « Notre requête va sans doute vous paraître étrange, commença-t-elle, mais Will et moi faisons une collecte dans le quartier… c'est-à-dire… nous réunissons des fonds… » Elle marqua une pause et jeta un coup d'œil de biais à la femme. « Pour Yoki, je veux dire. Pour ses honoraires. »

Will parla alors, quasiment sans remuer les lèvres ou devenir plus expressif : « C'est notre responsabilité partagée. Pour nous tous. Pour toute la communauté.

— Des honoraires ? répétai-je en écho. En quel honneur ? »

Nouvelle pause. « C'est une… comment on appelle ça, Will ?… une faiseuse de pluie. Une chamane. »

La femme leva les yeux pour la première fois et parla, d'une voix éraillée qui resta bloquée dans sa gorge.

« Qu'a-t-elle dit ? demandai-je.

— Elle dit qu'elle peut nous aider. » Alta haussa les épaules. « Elle a un pouvoir. »

Je ne pus m'empêcher de rire et lâchai : « Grand bien vous fasse ! » Sur quoi, je me levai et traversai la pièce vers le vestibule et la porte d'entrée, où je les attendis, la main sur la poignée tandis qu'ils échangeaient des regards et, enfin, à contrecœur, se levaient à leur tour. Je leur ouvris la porte. Le soleil explosait sur le seuil. Le vent soufflait fort. « Simple curiosité… dis-je : combien demande-t-elle ? »

Ils étaient déjà sortis. Will, tout recroquevillé, se retourna d'un coup. « Elle ne veut pas d'argent.

— Que veut-elle, alors ? »

Alta se retourna à son tour, imitée par la naine : « Elle veut une Mercedes.

— Une SEL 450, précisa la femme, d'une voix sèche comme le vent. Verde Brook Metallic. Intérieur Amaretto. Roues de vingt pouces : vingt, pas dix-neuf. »

Absurde, non ? L'effronterie puissance dix ! Lorsque je racontai l'épisode à Micki, elle affecta un air dégoûté. « Comment des gens comme eux réussissent-ils même à pénétrer dans le quartier ? » demanda-t-elle, comme si cela dépendait de moi. Je haussai les épaules et lui rappelai, aussi délicatement que possible, que c'était une question de revenus. « Les gens du West Side, dans les immeubles ? Je suis sûr qu'ils sont encore pire. »

Nous étions dans la cuisine. Il faisait une chaleur infernale. Son crâne reluisait parce qu'elle transpirait. « Raconte-moi ça, dit-elle, allant instinctivement jusqu'à l'évier pour se faire couler un verre d'eau du robinet, avant de se reprendre lorsqu'elle vit le ruban adhésif jaune dont j'avais enveloppé le robinet en guise de pense-bête. « Et je parie qu'ils tirent la chasse, aussi, non ? »

Exactement. Et ils prenaient aussi des douches et laissaient l'eau couler quand ils se lavaient les dents et Dieu sait quoi encore. Voilà où l'on en était : un ressentiment universel à l'encontre de quiconque utilisait l'eau dans quelque but que ce fût. Alors qu'elle nous était réservée :

à nous et à personne d'autre. C'était écrit noir sur blanc sur un panneau de la pelouse municipale ! Cela dit, il n'y aurait pas eu de pelouse municipale à dégrader s'il n'avait pas plu en premier lieu, non ?

Quelques jours plus tard, j'étais dans le jardin, je vérifiais l'état des orangers (depuis deux ans nous n'avions plus de fruits, pas même de fleurs), lorsque j'entendis les lamentations ténues d'une voix qui bataillait contre le vent ; au bout d'un moment, je compris qu'elle provenait de l'autre côté de la clôture, du jardin des Venier. Intrigué, j'allai jusqu'à ladite clôture, me dressai sur la pointe des pieds et regardai par-dessus. La naine, la chamane, en grande tenue indienne (plastron, chapeau de plumes et peau de cerf), exécutait une danse au ralenti autour du reliquat de pelouse fanée que les Venier avaient réussi à sauver avec leurs moyens illicites. Voix jouant aux montagnes russes dans les bourrasques, elle psalmodiait, tenant d'une main une boîte de café rouillée dans laquelle elle plongeait régulièrement les doigts de l'autre main pour en extraire des gouttelettes du liquide qu'elle contenait et les jeter par-dessus son épaule. Le liquide – d'un rouge vif artériel – tachait ses doigts et brillait, graisseux, sous les traits ardents du soleil. Je compris alors que ce n'était pas de la peinture qu'elle lâchait dans l'air et, au même moment, je ressentis quelque chose s'ouvrir en moi : une sidération que je n'avais plus ressentie depuis l'enfance. Absurde, certes, mais voilà. « Hi, hi, hi-hi, psalmodiait-elle. Heya-heya-heya. » Le ciel se figea. Rien ne bougeait plus, pas un oiseau ne voletait. Je restai là, l'observant jusqu'à ce que les muscles de mes mollets me fassent l'impression d'avoir été soudés sur place.

J'aimerais pouvoir rapporter qu'il plut le lendemain. Mais non. Au contraire, les choses s'aggravèrent encore. Dans un restaurant trois étoiles du centre-ville, un homme, dont l'eau avait été coupée parce qu'il avait dépassé son quota trois mois d'affilée, s'en prit physiquement au directeur du service des eaux penché sur son assiettée de *pasta e fagioli*. Des milices de l'eau se mirent à patrouiller les rues. Les stations de lavage fermèrent. On envisagea une loi envisageant l'interdiction des golfs. Sur un plan plus personnel, Everett appela pour nous informer qu'il allait se marier et Micki pleurnicha au téléphone pendant une demi-heure car il n'y avait aucune chance que nous puissions faire le déplacement : depuis longtemps nous avions atteint notre limite de crédit et liquidé nos miles de voyageurs fréquents. De tout ce temps, la naine ne s'arrêta jamais de psalmodier. Une semaine passa, puis deux, puis un mois, et jamais elle n'arrêta : sa voix, une complainte ténue, conspira avec les roulades et les sifflets des oiseaux au point de se fondre avec eux. La pelouse des Venier brunit toujours plus, se fit toujours plus grasse, brins d'herbe séchée alourdis du sang coagulé. « Hi, hi, hi-hi », psalmodiait la vieille femme. Les nuits tombaient. Les jours se levaient. Et rien ne changeait.

Or, voilà qu'un matin, au réveil, je ressentis une présence que je n'aurais pu nommer, une légèreté, comme une délivrance, comme si on avait tendu un caoutchouc jusqu'à ce qu'il rompe. Micki, couchée dans le lit à côté de moi, ronflait légèrement. L'air fécond était tapi au-dessus de nous tel un être vivant. La lumière du jour pointait à peine aux fenêtres. C'est alors que le bruit démarra, un bruit devenu si inhabituel qu'au début, je ne le reconnus pas. Il se mit à crépiter sur le toit, puis il accéléra, puis les canalisations se mirent à faire un bruit de ferraille, macho, macho en diable. Je saisis la main de ma femme et la tirai du lit. L'instant d'après, nous nous trouvions dans le jardin, visages levés vers le ciel tandis que la pluie tombait à verse autour de nous, à verse, à torrents, encore et toujours, jusqu'à ce que nous soyons trempés jusqu'aux os et, riant, tombions à genoux dans la boue, la boue éclatante qui s'accrochait à nous, nous aspergeait, promesse infinie.

La science, la science météorologique, notamment, nous informe sur les phénomènes atmosphériques, sur les variations de la température moyenne du globe, sur les cycles de sécheresse et d'abondantes pluies, mais la science est froide et indifférente. Elle expose, décrit, prédit. Tout cela est d'un maigre secours pour une communauté mise à rude épreuve ou un verger d'agrumes parvenu au point critique. Je ne prétends pas que l'Indienne dans le jardin des Venier savait quelque chose que les scientifiques ignoraient ou que la superstition est plus que de la superstition, pourtant elle eut droit à sa Mercedes (nous participâmes, même si ce fut moins que ce que nous aurions voulu donner). Lorsqu'il eut plu pendant un mois et que l'opinion publique se mit à craindre inondations, glissements de terrain et autres joyeusetés, certains voulurent la faire revenir pour arrêter le déluge. Le service des eaux commanda même une analyse coûts-bénéfices (nous nous demandâmes ce que la femme voudrait, cette fois : une Jaguar ? Deux Mercedes ? Sa propre concession automobile ?) mais, en fin de compte, ainsi va le temps, les pluies finirent par cesser.

Les réservoirs sont pleins désormais et Micki laisse repousser ses cheveux. Nous prenons notre douche séparément, même s'il est difficile d'abandonner les vieilles habitudes : nous nous limitons à deux minutes et quand je la vois enveloppée dans son peignoir en tissu-éponge, séchant ses cheveux avec une serviette, j'ai envie de l'attirer à moi, songeant à la chance, la très grande chance que nous avons de vivre à une époque où cette planète est capable de nous procurer une telle abondance, et une telle grâce éternelle.

FIN

TABLE

La Box à revivre 13
Ne sommes-nous pas humains ? 43
La Fourmi argentine 73
Surtsey 109
Vol et autres litiges 137
Un mort en moins 167
L'eau ne nous manque pas
(tant que le puits n'est pas à sec) 197

Cet ouvrage a été achevé d'imprimer sur Roto-Page
par l'Imprimerie Floch à Mayenne
pour le compte des éditions Grasset
en octobre 2021.

Mise en pages
PCA 44400 Rezé

PAPIER À BASE DE
FIBRES CERTIFIÉES

Grasset s'engage pour
l'environnement en réduisant
l'empreinte carbone de ses livres.
Celle de cet exemplaire est de :
800 g éq. CO_2
Rendez-vous sur
www.grasset-durable.fr

N° d'édition : 22206 – N° d'impression : 98992
Dépôt légal : novembre 2021
Imprimé en France